Pour un herbier

花事

〔法〕科莱特 著　黄荭 译

百花洲文艺出版社
BAIHUAZHOU LITERATURE AND ART PRESS

图书在版编目（CIP）数据

花事 /（法）科莱特著；黄荭译. — 南昌：百花洲文艺出版社，2023.12
ISBN 978-7-5500-5159-1

Ⅰ.①花⋯ Ⅱ.①科⋯ ②黄⋯ Ⅲ.①杂文集–法国–现代 Ⅳ.①I565.65

中国国家版本馆CIP数据核字（2023）第067669号

花事

〔法〕科莱特 著 黄荭 译

出 版 人	陈 波
丛书策划	程 玥
责任编辑	黄文尹 程昌敏
特约编辑	王 慧
书籍设计	方 方
插 图	贾 晶
制 作	何 丹
出版发行	百花洲文艺出版社
社 址	南昌市红谷滩区世贸路898号博能中心一期A座20楼
邮 编	330038
经 销	全国新华书店
印 刷	湖北金港彩印有限公司
开 本	720mm×1000mm 1/32 印张 5.75
版 次	2023年12月第1版
印 次	2023年12月第1次印刷
字 数	100千字
书 号	ISBN 978-7-5500-5159-1
定 价	49.80元

赣版权登字：05-2023-87
版权所有，盗版必究

邮购联系 0791-86895108
网 址 http://www.bhzwy.com
图书若有印装错误，影响阅读，可向承印厂联系调换。

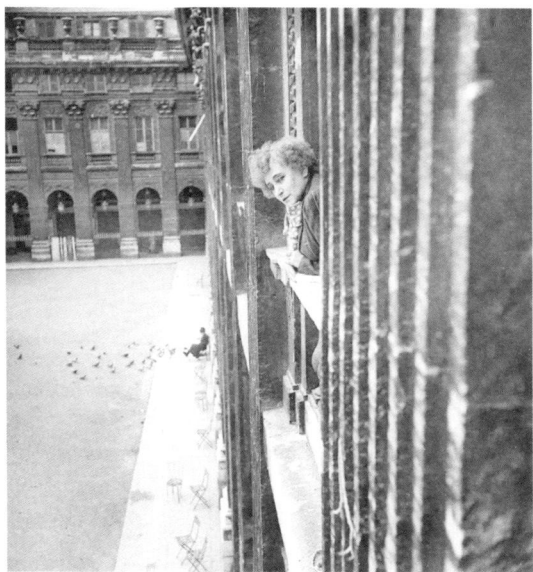

暮年时期的科莱特

1947年，瑞士出版商梅尔莫提议定期给科莱特送一束不同的花；作为交换，科莱特要描绘众花中的一种。其结果就是1948年，洛桑的梅尔莫出版社出版了"花束"丛书中一本题为《花事》的小集子。

目 录

外两篇

附 录

玫瑰，你那

些旧日的情

侣都到哪儿

寻欢作乐去

了？

玫 瑰

她确实不是花季中开得最早的花。在她之前，我们春寒料峭的天气已经让紫罗兰、报春花、水仙、委陵菜花、苔纲花、水边的黄色鸢尾花盛开了……除非我们有魔法，或在热带，或在迷人的普罗旺斯，不然，怎能希冀玫瑰花在一月开放？

但我看到你们对她那么迷恋，故而我同意以玫瑰之名作为开篇；更何况前一次大战让她身价不菲，和小牛肝、菠萝的价格不相上下。"这朵玫瑰怎么卖？"一位女士腼腆地问道，从花店的门槛上探出头来。还没等别人答复，她用手捂住耳朵："不要！别告诉我！"随即走远了。那是因为花店里绚烂的玫瑰仿佛有嘴唇、脸颊、乳房、肚脐眼、敷了一层说不上来的冷霜的皮肤，她们是空运来的，挺立在不起眼的花枝上，飘散着桃子、茶甚至是玫瑰的芬芳——一些可望而不可即的玫瑰。玫瑰，你那些旧日的情侣都到哪儿寻欢作乐去了？和所有韶华逝去、受了冷落的情人一样，他们满足于歌唱你。他们透过玻璃橱窗凝望你。他们叹息着，只能贪婪地描述你，谈论你的模样，你杂交品种所特有的收得很紧的花瓣。我想他们和我一样，怀念有瑕疵的你所在的幸福年代。我们买上帝天然造就的你，这儿有个小缺口，那儿有点黄了，是我们负责来打扮你，除非我们更喜欢你有点残缺有点发黄的样子，一只金匠花金龟藏在你的花心。你像萝卜一样有太多的叶子，太多的花骨朵，一只小蜗牛爬在你的花枝上，你就像一位生气的少女一样多刺。现在，花店的人为你捉虫，用钳子除刺，捉掉瓢虫和蚂蚁，除了花瓣最里头的两三层不去碰。

比起毫无瑕疵的美人，我更喜欢巴加岱尔公园①里的你，拉伊玫瑰园②里的你。我会在六月一个和煦清新的日子去看你，旋风将你卷走，让我们相信你依然还能随心所欲。在那里，我白白读到你无数的名字，上帝啊，转头我就忘了。我何必知道你的来龙去脉？缀了那些老将军、大工业家还有其他像罗比内夫人的名字？赫里欧③主席也就罢了，因为他有好花匠的怪模样和才能。但在我那个地区，人们给你取的名字更好，玫瑰，我私下叫你紫色的罪孽、小杏子、雪儿、仙女、黑美人，你还有一个广为流传的俗名："情动美人白玉腿"④！

在我的窗下，几处水洼间，鸳鸯、布雷桑式⑤的草坪、修剪成球状的蜀葵和美人蕉，我们还有经年常开的玫瑰花丛，它们经历了战争和霜冻都没有死去。它们没有哪

① 巴加岱尔（Bagatelle）：巴黎市郊布洛涅森林公园。——译注（以下如无说明，均为译注）

② 拉伊（L'Haÿ）：法国地名，位于马恩河谷的一个市镇，以玫瑰园闻名。

③ 赫里欧（Douard Herriot，1872—1957）：法国政治家、作家，曾任法国激进党的主席。

④ 指的是一种淡粉色的玫瑰花。

⑤ 布雷桑（Prosper Bressant，1815—1886）：法国演员，他曾掀起一个发型的潮流，前面头发短而蓬乱，后面长发披肩，被称为"布雷桑头"。

一年不开花的，开了又开，在十一月前还会开一次。它们甚至让一区的孩子动了恻隐之心，他们可是调皮捣蛋出了名的。有一丛玫瑰通过特殊的嫁接，开着半黄半红的花，重重叠叠，另一丛玫瑰不堪承受丰枝的繁花似锦……繁花似锦……怎么跟你们说呢……皇宫的这些玫瑰，这些神奇的玫瑰花丛，用几个简单的词语来形容，就算是我见识过的日内瓦活水公园最美的时节，或许它们也会让瑞士的玫瑰园感到嫉妒吧？花枝上的玫瑰，花骨朵包得像一个个鸡蛋，之后突然怒放，玫瑰唤醒了巴黎市中心被喷泉囚住的彩虹，我搜肠刮肚找事物跟你们比拟，在怎样的伊甸园里才能采撷到和你们般配的花朵？……我认为自己找到了。你们几乎和簇拥在小栅栏围墙上的倾泻下来的玫瑰一样美，覆盖了园丁的小屋，爬满了乡村旅店的外墙，这儿，那儿，还有别的地方，它们到处攀缘生长，为了让我们惊艳，六月的邂逅，天意，明媚的日子，一位少女的孤独，一位爱遐想的老人的手和他的园艺剪刀。

这朵我今天

欠它一缕幽

思的百合，

它就立在我

的壁炉上，

插在水里。

百　合

　　百合！你们中的一朵就足以代表天真。

　　我这么说，完全是不自觉的，好像不得不说。看到一朵或几朵百合，一群人中总有一个声音会文绉绉地援引马拉美的诗句：

　　百合！你们中的一朵就足以代表天真。

　　今天我独自一人在家，我女儿给我带来并留下一朵百合，我忍不住叫道："百合！你们中的一朵……"但我有点心不在焉，声音也有点懒洋洋的。就好像我是在试戴一位女友的帽子或耳环，却看到边上的人满脸写着不屑，让我感到浑身不自在。我还想再试一次，从之前的诗句开始念起，为了让它更顺溜些：

　　孑然挺立，在一束古典的光线下，
　　百合！你们中的一朵就足以代表天真。

　　别再勉强了。要有比我更艺术、更热爱才能不辜负这首诗——亨利·蒙多尔[①]原谅我吧——是克洛德·德彪西[②]的音乐确保了它的荣光。

我要追溯到久远的年代才能想起几个让我高兴的往昔的细节。当《一个牧神的午后》（*L'Après-midi d'un faune*）一方面让人质疑，一方面让人沉醉于它的陪伴，我已经见过当时儒尔·勒梅特[③]——在《蓝色杂志》（*Revue bleue*）中，我想——向众人"解释"（原文如此）魏尔伦[④]的小诗：

希望像马厩中的一束麦秸闪着微光……

对这一出乎意料的阐释，我没有忘记《女助教》（*La Massière*）一书的作者幽默多于合理，而可笑又多于幽默。他有马拉美一样的手法，一样的分量？我没有听到类似风声。我只听到在世俗的三人组周围蜜蜂的嗡鸣，围绕在《一个牧神的午后》四周隐晦的流言蜚语，评论家指出人身羊足的山林牧神和两个凌波仙子的逸乐构成了一个奇数的组合。

---

① 亨利·蒙多尔（Henri Mondor, 1885—1962）：法国外科医生和作家，马拉美研究专家。

② 克洛德·德彪西（Claude Debussy, 1862—1918）：法国作曲家。

③ 儒尔·勒梅特（Jules Lemaître, 1853—1914）：法国文学评论家和戏剧演员。

④ 魏尔伦（Paul Verlaine, 1844—1896）：法国诗人。

我从没和诗人本人有过交往。他长满络腮胡子的可爱、尊贵的脸曾从我身边经过。我从未见过埃里克·萨蒂[①]，他总是用力排挤我的一个前夫。从没见过莫泊桑，他执意要在某顿所谓的"花酒"之后跳到马恩河里去，以免充血身亡。从没碰到过巴尔贝·道尔维里[②]所谓的长了鳞片的傲慢的魔鬼……然而我很高兴在那些年间做他们的同时代人，如果不说是他们的朋友，仅仅作为见过他们的人。对我而言，没有什么资料比得上对一张脸的记忆，对它的色泽、瞳孔的瞳线的持久记忆，就像鸢尾花盛开的圆轮、额头、绒毛或裸露的脸庞、嘴和绵延衰老的唇纹，那张笨拙得不知道如何说出自己的诗歌的嘴巴，但恰恰就是从这样的一张嘴中我想听到：

百合！你们中的一朵……

这朵我今天欠它一缕幽思的百合，它就立在我的壁炉上，插在水里。卖花女用做女红的剪刀修掉了它黄色的花粉，没有了花粉，它现在干净、残缺而忧郁。在它之前，整个冬天，我们都能——只要肯花钱——拥有绿百合，它们曾给无数的英国新娘美好的祝福。香气熏人，绿百合也可以是一种语言和请求，向一位桀骜不驯的少女求爱。关

---

① 埃里克·萨蒂（Eric Satie，1866—1925）：法国作曲家，曲风简单幽默。

② 巴尔贝·道尔维里（Jules Barbey d'Aurevilly，1808—1889）：法国小说家。

于它我只知道这些，错误地认定只有白百合才是所谓的真正的百合。这一朵是白色的花，肉嘟嘟的，纤细窈窕，傲然盛开。真可惜它总是被叶甲烦扰……叶甲是红脖子虫，红脖子虫就是叶甲。如果你把红脖子虫握在手中，它马上就会发出细细的鞘翅的抱怨声。在花园里，只有当叶甲用粪便去玷污百合的时候园丁才会去除掉它们。

种百合首选的土地是菜园子，边上挨着龙蒿、酸模和紫大蒜。一片胡萝卜、几行漂亮的生菜，这也会让它喜欢。在我孩提时，它的光泽和芬芳是花园的主宰。当我驱赶红脖子虫的时候，我母亲茜多坐在屋子里，冲着我喊：

"把花园的门关一关，这些百合简直让人没法在客厅里待着！"

因此她同意我把它们像割草一样割掉，扎成花束在圣体降福礼的时候摆到玛丽的祭坛前。教堂又小又闷热，孩子们捧着鲜花。百合散发阵阵浓香，干扰了唱圣歌。有几个忠诚的信徒马上走了出去。另几个耷拉着脑袋睡着了，沉醉在奇怪的睡眠里。但是石膏塑的圣母像站在祭坛上，垂下来的手指轻轻碰着鳄鱼长长的下颌，脚边一朵半开的百合，她朝它宽容地微笑。

我容忍所有
这些夜间淡
雅芬芳的持
有者，确信
自己没有竞
争对手，除
了，我得承
认，一个对
手……

栀子花的独白

六点钟……至少白色的烟草是这么说的。但白色的烟草总是搞错。当我宣布六点钟到了的时候才是六点钟。只有在那个时候，露台、花园和整个世界才四处弥漫着我的芳香。

六点钟，还不到……我才刚醒，我总是慢腾腾地起床。我迟迟不宣布来确保我统治的精确和明智，夜晚在清晨收敛了它的黑暗，在东方隐约破开一个紫褐色的口子。

要度过的一天是漫长的。它延续的每时每刻我都屏住呼吸，傍晚我周遭的晚风让夜蛾子最初的飞翔晃晃悠悠的。我在丰腴的、松松合上的花瓣间沉睡，稍微有些凌乱，那是为了让人们不会把我和茶花平淡无奇的一丝不苟混淆起来。我睡着，在大白天，就像睡着一股又白又浓郁的隐秘香气。对我们其他盛开的、要扰人心智的白花而言，白天是我们绝不松懈的迷惑时刻。那时候，天真少女、无知少男、漫不经心的情人用指甲掐断我们中间开花的一枝，淡漠地、带着不比掐了一枝毛茛更在意的神情，把它别在辫子或腰带上。当时，我还睡着，没有气味。但一旦时辰到了，"六点钟！"我就宣泄我狂热而沉默的话语。人们以为是一朵橘子花，一个食用伞菌突然附在我的身上，诱惑灵魂和肉体走向沉沦。天真少女变成了山羊，漫不经心的情人激情荡漾私奔了——当然不是一个人私奔！——无知少男投身于一门我教他的科学，圆圆的地球上又多了一个疯狂的夜晚。

六点了。我慢慢变绿的白色花瓣还能容忍，在暮色依稀中，身边隐隐约约的白烟草、黯淡的海桐花和夹竹桃、怡然却姗姗来迟的寒丁子、玉兰硕大而有毒的果子——斯温伯尔尼①所谓的"有一点污渍更美！"指的肯定不是它的果肉——美国木豆树的细雨，缺水而吸收海水的沙地百合，还有几乎和星星一样璀璨的茉莉花。我容忍所有这些夜间淡雅芬芳的持有者，确信自己没有竞争对手，除了，我得承认，一个对手……在她面前有时候我不得不承认自己甘拜下风。在南方的某些要下雨的夜晚，某些肆意打雷闪电的午后，当我那无与伦比的对手一出现，我这朵泄了气的栀子花，就拜倒在她晚香玉的足下。

她并不领我的情。她清新怡人，就像少女的乳房，花也开得比我持久。她以此炫耀，含沙射影讽刺我老得快，花开到第三天，我就已经像是一只掉入溪水里的舞会手套一样了。

---

① 斯温伯尔尼（Algernon Charles Swinburne，1837—1909）：英国抒情诗人和文学评论家。

安静，安静。

这朵惟妙惟

肖的花是多

么令人赞叹

啊！

兰 花

　　我看到一只小小的尖头木屐，很尖。它是用一种像玉一样的绿色材料制作的，在鞋尖上画着一只很小很小的夜鸟，两只大大的眼睛，一个鸟喙。在木屐里面，沿着鞋沿，有人——但是谁？——撒种了一种垂下来的银色小草。鞋尖也不是空的，一只手——却不知道是谁的手？——在里面倒了一滴亮晶晶、玻璃般的水珠，和清晨天然的露水不同，像花店喷在花上的人工露珠。我用万能刀的刀尖把它挑过来，我的什么家务活儿都不怕的女仆也在，她削铅笔、剥栗子、把雪青色的纸张裁方、把黑萝卜切片。这滴半透明、凝固了的水珠，我放在嘴里尝了尝，为了更好地了解它。马上，我最好的朋友抬高了声音和手臂："不幸的人儿！……"他叫道。他又加了几句关于马来西亚植物毒液和永远神秘的箭毒制造的玄乎玄乎的话。在等着承受他认定我要受的痛苦折磨的时候，我在一个大大的放大镜的帮助下解读了兰花。花是我女儿送的，我嘟囔着表示我的谢意：

　　　　"你就不能问问卖花女这个怪物的名字吗？"
　　　　"我问了，妈妈。"
　　　　"她告诉我说：'说实话，我还真不好意思不能告诉你它的名字。反正不是个普通的名字，还真是不普通。'"

那滴小水珠，在我的舌头上竟然没有化掉。我品出一点淡淡的生土豆的味道。

在小木屐四周是五条不对称、发散开来、绿色长着褐色斑点的手臂。一条美丽的唇瓣，和鸢尾花的花舌几乎一个模样，在手臂下面伸展开来，开始是白色的，慢慢有了紫色的斑点，那模样，是的，宛如章鱼的墨囊，因为，事实上，我的兰花就是一只章鱼：虽然没长八条手臂，但她有八爪鱼像鹦鹉一样的嘴巴，就是我刚才称作鞋尖的嘴巴……

只有五条手臂。谁砍掉了其他三条？谁？在哪儿？是什么天意？怎样的命运？谁同意它装八爪鱼的？

安静，安静。这朵惟妙惟肖的花是多么令人赞叹啊！它是我们春日酷似胡蜂的红门兰、模仿蜜蜂细腰翅翼游刃有余的羊耳葱的曼妙姐妹。外面世界的奇观再不会让我们觉得不可思议，我们的好奇心也再不会那么急切难耐。我远不会因此抱怨，今天我的兰花是一个充满诱惑的变形的梦。她向我隐喻了章鱼、木屐、银胡子、猫头鹰、枯血……她一定引诱过很多比我更明智的物种，但我只想跟你们说说上个世纪一位猎人的故事，他是那帮冷静灵活的小家伙中的一个，在人迹罕至的地方例行公事般地狩猎美洲花豹。他只猎美洲豹——有时候为了活命，这儿那儿地也打几只肥鸽子。

一天，被他那帮当地赶猎物的同伴独自留在一条美洲豹出没的小径上，他等得百无聊赖。抬起头，他看到上面有一簇兰花……一朵别致的兰花。她像极了一只鸟、一只螃蟹、一只蝴蝶、一种魔法、一个性器，或许甚至还像一朵花。惊艳之下，猎人放下猎枪，并非不冒生命危险地爬了上去。他采到了兰花下来，正好看到朝他走来，朝没有武器、空空两手的他走来，一只精神饱满、容光焕发的美洲豹，它被露水打湿了，做梦般地打量了猎人一眼，继续走它的路。

人们告诉我说，从那以后，就是这个在1860年左右打猎的猎人，改行成了植物学家。我只是想知道他之所以改行是出于对那只温和的美洲豹的感激呢，还是因为兰花，它比其他所有的猎物都迷人，已经永远地毁了他，因为在那些地区，人们面临两种危险时，必定会选择其中更坏的那个。

我看到她的

举动，明白

了她毁灭的

力量，一份

摄人的美的

用处了。

紫藤的习性

　　我真希望她还活着，希望她永远活着，这位至少活了两百岁的女霸王，花团锦簇、任性恣意的紫藤，她就长在我出生的那个花园的外面，倾泻在葡萄园路的上方。她勃勃生机的最好证明是去年一位花白头发、警觉又迷人的意外访客带来的……一条黑色的裙子，白头发，耄耋老妇人的敏捷：全都拔起了，从和以往一样冷清的葡萄园路开始，一直到紫藤最长的卷须所到之处，巴黎的紫藤花在我犯关节炎常歇息的沙发躺椅上刚刚开败。蝴蝶形状的花除了散发芬芳外，还有一种淡淡的膜翅目昆虫、尺蠖蛾的毛虫、七星瓢虫的味道，这一切都从圣索弗尔–昂–皮伊塞那边意外地直接传了过来。

　　说实话，这株紫藤，就在我躺椅上方，香气四溢，蓝紫色，一副我熟悉的神气，让我想起她以前一直名声不佳，沿着围墙窄窄的空间生长着，被一排栅栏挡着。她年代久远，在我母亲茜多第一次结婚前就有了。她五月疯狂的花季和八九月份零星的花开让我稚嫩的童年记忆充满的芳香。她招来的蜜蜂简直和花一样多，像铙钹一样嗡鸣，声音四下传开不绝于耳，一年比一年厉害，直到茜多惊讶地趴在那儿看压着藤条的重重的花束，发出意外的大发现引出的小小惊叫"啊！啊！"——紫藤开始拔起栅栏来了。

　　既然在茜多的王国里根本不会去考虑砍掉一株紫藤，

后者就继续施展她的韧性。我看到她把一长排的栅栏拔起，举在空中，离开土壤和灰质，以她植物的弹性恣意去扭曲那些栏杆，喜欢像蛇一样把藤条绞在一根树干或一根栏杆上，她最终让它们彼此纠缠在一起。有时候她会碰上邻居忍冬，开着红花的甜美迷人的忍冬。她先是摆出一副没注意到他的样子，然后慢慢把他掐死，就像一条蛇勒死一只鸟儿一样。

我看到她的举动，明白了她毁灭的力量，一份摄人的美的用处了。我知道她如何倾覆、窒息、排挤、毁灭、依附。蛇葡萄属植物是一个小男孩，像螺塔一样，从小就攀缘在紫藤身上……

我游历过雷斯沙漠，在一个适宜午睡和做噩梦的炎热的大晴天。我不会再去那里了，害怕这个专为普通梦魇打造的地方会变得苍白。在一个亭子旁边沉睡着一潭灯芯草丛生的浑浊的死水，亭子里摆着几张坏了的叠橱式写字台，几张缺了腿的板凳和其他说不出名字的家具的残骸。我一直记得一座少了一截的塔楼，草草地修了朝一边斜的屋顶。在塔楼内部，围着旋转的楼梯分成一个个单间，每间分到的空间，大体都呈梯形……

哦，世界，你充满了秘密和约束，哪个都不是最佳的几何形状，描绘雷斯沙漠少了一截的塔楼也是徒劳！它里面填满了遭受了洗劫的家具。我该嘲笑它们的残骸？还是害怕其中的一个还带着不吉利的凶兆……

突然碎了一块玻璃，让我颤抖了一下，我终于明白：一条植物的臂膀，弯着，扭曲着——我毫不费劲就认出那是紫藤的行为，偷偷地探索，爬行动物的习性——前来敲打、破窗而入。

厚实的、天鹅绒般的花瓣，恰如其分的丰腴和漫不经心的诗意。

郁金香

> 找，我是郁金香，一种荷兰的花。
>
> ……
>
> 可惜大自然，没在我像中国花瓶一样的花萼中
> 倒入芳香

这首十四行诗剩下的诗句我不记得了。损失并不大，尽管它真正的作者不是别人，正是泰奥菲尔·戈蒂耶[①]。你在《一个外省伟人在巴黎》（*Un grand homme de prouince à Paris*）中可以找到"郁金香"，巴尔扎克在那本书里让它出自主人公吕西安·德·鲁邦普雷之口，那位俊美少年，满心希望自己成为诗人赢得声誉。他想借一本十四行诗诗集而成名，但只得到了约瑟-玛利亚·德·埃尔迪亚的垂青。

巴尔扎克致力于散文[②]创作，间或尝试写写十四行诗；人们并不排斥他的诗作，但他的诗人朋友们也从来不把自己最好的诗文馈赠给他。就像泰奥菲尔·戈蒂耶，他只为他描绘了一朵"郁金香"。

[①] 泰奥菲尔·戈蒂耶（Théophile Gautier，1811—1872）：法国诗人，倡导"为艺术而艺术"。

[②] 此处指和诗歌相对的广义的散文。

厚实的、天鹅绒般的花瓣，恰如其分的丰腴和漫不经心的诗意，杰出的泰奥[1]就是在再小的诗作中都有敏锐地捕捉，甚至在这首诗中。

我就想从一位园艺家，如果不说是一位吹毛求疵的植物学家的角度和他辩上一辩，问他是否见过一朵长得和中国花瓶一个模样的郁金香。要说它像一个鸡蛋，我同意。像一团烈火，也可以，如果那朵郁金香是被称作"鹦鹉"的那个品种。说它像彩绘花窗上的玫瑰也可以，如果炎热和怒放让它像车轮一样散开，美丽的花瓣几近疲惫，但若说它像一只中国花瓶，那才奇了怪了。花瓶的瓶肚让那些天国的陶瓷工匠们夸张了，大得不得了。我在约瑟-玛利亚·塞尔家见过一些从中国运来的花瓶，大得可以在里面藏一个情人。从远处看，它们的身姿就像一位被砍了头却杵在那儿的高大裸女，但至于说它可以让人联想到郁金香的圣杯模样……

来吧，我描绘的郁金香，来和我做伴。来吧，被画得像一只红里嵌了几绺黄色橙色的复活节蛋的郁金香。你的肥臀稳稳地坐在花茎上，你在中心藏着发青的瘀斑，而就在同一个地方露出猩红色罂粟般的巨葩。

当人们把你们，成千上万株郁金香安排在一个花坛里，你们彼此简直像得不能再像了，一般大、一般齐，亭亭玉立整齐划一。你们，一大片一大片的，平坦、勤劳、

---

① 泰奥菲尔·戈蒂耶的简称。

湿润的北泽兰①的光彩。你们的规范让你们只能拥有长长的、青蓝色的、简单划一的叶子，总是有点蔫……我得承认每次看到你们那绚烂的颜色，我都涌起一股钦佩之情。

有一阵子，时尚和投机生意想要你们是黑色的，标价很高。你的丧紫色越浓越深，那帮情人们就越肯为你破费散财。最近，你们被赋予了高尚的使命：在被占领的那些艰难春天，巴黎满怀光复希望、幽怨苦涩，花店里在卖郁金香花球上——每盆三个——找到了独特的抵抗方式："一盆美丽的郁金香，夫人？种在公寓里？……"三月到来，苏醒的花球珠色的小芽破出干枯的表皮，却没有长出郁金香来，取而代之的是三株带着张扬的爱国主义色彩的风信子——一簇蓝；一簇白；一簇红。

---

① 荷兰的省名。

它就在那儿，

在我的桌上，

几乎赶上我

的黑天鹅绒

外套一样黑。

"浮士德"

　　它的名字很适合它，在它刚出现的时候，十分轰动，不仅因为时新，还因为它奇怪。黑三色堇"浮士德"的首次出现大约可以追溯到半个世纪前。那时候古诺[①]的乐谱已经传到了外省。是我们的老式奥歇[②]钢琴，我两个长兄的手指在我们峻峭的村子罕有的几件乐器上教《浮士德》。"您好，我，最后的早晨！……您难道不允许，我美丽的小姐……我看到船只经过……"最后是1948年某一档广播节目，似乎常常乐于勾起我们的回忆。"纯洁的天使，光芒四射的天使……"

　　（我们听女高音的时候总忍不住有些颤抖，不是吗？在那个乐声高低起伏的激荡时刻。）

　　"浮士德"，黑三色堇，在复活节的时候来拜访我。它就在那儿，在我的桌上，几乎赶上我的黑天鹅绒外套一样黑。当阳光照到它，仿佛就把一抹星空的灰尘渗透到了花上，在全黑的底色上浮起一丝蓝色，不，紫色，不，蓝色，那质地让我们不禁赞叹："哦！这天鹅绒般的……"之后呢？之后就什么都没有了。之后我们忍不住又夸：

---

　　① 古诺（Charles François Gounod，1818—1893）：法国作曲家，自他的第一部歌剧《萨福》于1851年上演后，开始专事歌剧创作，其最著名的代表作是《浮士德》和《罗密欧与朱丽叶》。他创作的《教皇进行曲》被定为梵蒂冈国歌。

　　② 法国的奥歇兄弟是最早生产折叠式键盘的制造者之一，这种钢琴后来被称为"船形钢琴"。

"哦！这天鹅绒般的……"因为我们只有天鹅绒这个词来描绘天鹅绒，不管它是不是指三色堇"浮士德"，指它五瓣一色深黑的花瓣，就像亚马孙河边展开的蝴蝶翅膀。

（我很希望能炫耀昆虫学渊博的知识，那个永远都不会看到亚马孙河和它的河岸的我。尤其是当我忘了那种蝴蝶的名字的时候。）

"浮士德"，借助三色堇的模样，出现在我家乡花园凸起的一个土堆上，在水泵、白蜡树和蒙莫朗西樱桃树之间。我父母的朋友们来看它的黑，感叹道："你们能留点种子给我吗？哦！这天鹅绒般的！……"一只明亮的黄眼睛，在每朵黑色的花中央，看着我们。

访客一走，我母亲茜多就不理会"浮士德"了。她有她朝三暮四的喜好，一点也不向我掩饰这一大片的花无非像是葬礼的点缀，红色的除虫菊、蓝色的乌头、毛茸茸的藿香蓟、一株兴头头爬到胡桃树顶忽然一阵眩晕跌下来的深色铁线莲都比它要可爱许多。还说不必刻意追求死气沉沉的"浮士德"，一花坛的三色堇就应该恪守传统，保持以往的丰富多彩，就像那些开得大大的漂亮的傻乎乎的半黄半紫的脸，那些点染了石榴红胡子的白面孔，那些柠檬色的蝴蝶花，那些和紫罗兰争艳的堇菜，尤其还有茜多最喜欢的一种，像亨利八世一样胖嘟嘟的、下巴上一把大胡子，所有这些花都同时在端详着你。

"看看它们"，茜多对我说，"和我的手一样大！"

那是因为她的手小。

"大同小异，但庄重，怡然自得，眉毛很凶。败得很快……总之"，她总结道，"所有皇室成员的特点！"

凭借一种微妙的味道，她最能让我们联想到真真切切的春天，带着各种令人猜疑的气息，混合在一起却让我们心旷神怡。

恶 臭

　　来了，她们来了，你说闻起来像玫瑰的芍药，她是预告玫瑰开放的先声。给这些奢华的花冠浇很多水，她们的确有些玫瑰的味道，但那绝不是玫瑰的芬芳。

　　石榴红，欢快或伤感的玫瑰红，三四朵胭脂红，她们有着健康的颜色，让我一星期都心情舒畅。之后，她们一下子任由所有如火如荼的花瓣跌落下来，带着一声花儿的叹息，那是跟骤然凋零的玫瑰花学的。她的凋零不是没有气味的。因为芍药并不像玫瑰花香，并不是我要指责她。芍药的味道就是芍药的味道。你们一定不信我的话，总是试图去比较，以为美味的黄油有榛子的味道，菠萝有白草莓的味道，白草莓有碾碎了的蚂蚁的开胃而甘美的滋味？

　　芍药就是芍药的味道，也就是说腮角金龟的气味。凭借一种微妙的味道，她最能让我们联想到真真切切的春天，带着各种令人猜疑的气息，混合在一起却让我们心旷神怡。丁香在开花之前，当它刚抽出黑桃尖似的嫩芽，宛如聚伞圆锥花序小小的许诺，丁香发出不易觉察的金龟子的味道，直到盛开的时候，簇拥着，白的、紫红的、蓝的、青紫的，它才在郊区的火车上、地铁和婴儿推车上弥散着它氢氰酸[①]的有毒的香气。因此我怀念丁香开花前的

---

　　① 氢氰酸，指氰化氢的水溶液，是一种极弱的酸，易挥发。

清雅芬芳，它尚且褐色的嫩叶的味道，淡淡的，飘散开来难以捕捉，有点香有点臭的闪着金属光泽的鞘翅的味道。或许，我借春天之名发的一通谬论会让你不再喜欢我，不再想理我。那我还是回到别的一些我注意到的细节，路边常常长着被叫作"罗贝尔草"的野天竺葵，开小小的花，种子长得像鹤嘴。如果你不小心碰到它，你的手指上就会染上一种刺鼻的气味，浓得让你不自在。我呢，我会故意去蹭它紫红色的茎叶，这让我遐想——想起我的一只母猫，它鲜艳的棕褐色毛皮所传递出来的神秘信息；它过来嗅嗅，又跑开。它再次回来，摇着尾巴迟疑着，它的小把戏最终在一阵小心抑制住的恶心中结束。关于罗贝尔草我不想扯得更远。我还可以举其他你们当中多数人厌恶的植物的名字，而我却喜欢用指甲去掐它们，去嗅大戟白色的汁液，和被叫作"乳草"——谐音称"清池"①——的白屈菜染成赭石色的草汁。

刺鼻的味道从一株名声不太好，有点药性、有点毒性的草上传过来，我喜欢它胜过接骨木平淡的味道，甚至胜过康卡勒小路上让我们肃然起敬的女贞树花开似锦时的柔情蜜意。黑甜樱桃树的树皮，你嘲笑它的味道吗？我的天，我倒觉得它挺好闻的。但是，有多少装在瓶子里的香水却令我大失所望！相反，自然的气息袭来，在夏天，被暴风雨蹂躏的残叶，每次落潮时散发出来的碘的味道，菜

---

① 法语中"乳草"（herbe-à-seins）和"清池"（chair-bassin）发音近似。

园里不能自持的熏人的气浪，由一堆垃圾一道腐烂引起的，黑茶藨子的残果、拔出来的茴香和大丽花旧年的鳞茎，对我特立独行、乖张古怪的嗅觉而言那是怎样的熏香啊……

我到底想跟你说什么？芍药花发出的不是芍药的芬芳，不是玫瑰的芬芳，而是腮角金龟的气味？丁香花，如果它和我们的卧室离得太近，就成了一个发出氢氰酸味道的庸俗的情人？艾菊，植物学家所谓的"臭臭的艾菊"和蓍草让我神清气爽，甚至心旷神怡；相反天芥菜，恶心的芳香和它淡妆素裹的浅紫色花却让我不舒服？我的上帝，原本无需这么多行文字那么多词语，现在，写好了。

在法语中，

"金盏花"

和"烦恼"

是同一个

词……

金盏花

"烦恼①，烦恼……"

一听到有人叫它，叭喇狗就过来，骄傲自己同时拥有花和痛苦的名字。它跑着，天才额头上全是褶子，卷起来的耳朵像马蹄莲一样竖在那里。它热衷于服从，这让它有了很强的个性、表达和选择的自由。它总是希望在我话还没说完之前就明白我的意思。才一见面，它就宣告某人简直是绞死他还嫌费绳子，或者这个人还能有点什么用处。它嫉妒母猫"最后"，它希望在我面前可以掩饰自己的嫉妒，为此它闭上了那双太阳穴四周全是褶子的眼睛，那双七公斤以下级第一名的叭喇狗的眼睛，闭上了，我说，它那正好可以盖住沙金石般闪闪发亮的眼睛的眼皮。但它很清楚我并不蠢，它或许以为前世我也曾是一只叭喇狗，它得提防我，蒙骗我：除了自己心爱的人，我们还会存心想去骗谁呢？"烦恼，烦恼……"取了好名字的你，皱着额头，心律不齐，喘着气，梦被打断了，母狗"烦恼"左前爪在一个邪念的重压下颤抖了一下。当萦绕不去的邪恶——总是同一个——排他的爱的罪恶抽打着它的血液，折磨着它过于敏感的神经，这只只为我、只因我受苦

---

① 在法语中，"金盏花"和"烦恼"是同一个词（souci）。

的母狗，母叭喇狗。为缺席受苦，为等待受苦，为爱受苦，其实都是一样。它努力抑制自己不流露出肉体上的痛苦，带着倨傲和洒脱。一只爪子碾碎了，算得了什么？不算什么。一个伤口，一根仙人掌的刺？更算不上什么，还有牙垢的搔刮，刮到对不齐的牙臼那简直连哼都不哼一声……取了好名字的"烦恼"就是这么想的，它现在已经不在了。

就在二月，我的一个已经学会看重它的朋友，送了一束扎得紧紧的黄色金盏花给我，没有夹杂一朵染成橘红色或金黄色的花。每年我都把它们养在一个古朴耐看的灰色陶瓷花瓶里幸福上几个小时，只要它们还没有腐烂，花瓶其实是一个大大的瓷罐，有黄油的时候是用来放黄油的。

"烦恼"没有坟墓，除了我的回忆：没有墓碑，没有任何墓志铭能祷念它所有的美德，也没有它太短暂的一生的生卒日期。但金盏花和我记得它，默默地怀念它。黄黄的，圆圆的，朵朵花儿不能让我联想到母狗"烦恼"的身影。六七排挤挤挨挨地围在雄蕊四周的窄窄的羽绒状的花瓣；羽绒的边缘是细致的锯齿状。它们是花而不是一个漫长完美的狗的友谊的象征。

然而，这个花心，这个金盏花（烦恼）的眼睛不能不让我注意到有一抹金褐色，正好就像一道沙金色、含情脉脉的眼神。

万物的创造

者把蓝色的

花朵赐予我

们人间的时

候显得有些

吝啬……

蓝

除了大乌头、绵枣儿、羽扇豆、黑种草、婆婆纳、蓝橡树、半边莲和青出于蓝胜于蓝的旋花，万物的创造者把蓝色的花朵赐予我们人间的时候显得有些吝啬。大家知道谈到蓝色我不会偷工减料，但我也不希望它过多地浪费我的笔墨。麝香兰不比勿忘我……先生的蓝紫色更蓝？开花的时候，它尽量朝玫瑰靠过去，一点也不会不好意思。鸢尾花呢？嗯……它的蓝只有在一种非常美丽的紫色的映衬下才出彩，我谈的不是人们谓之"火焰"的超凡脱俗的紫罗兰和它平庸的味道在春天开遍拉加尔德-弗雷奈的小山丘。花园里的鸢尾花乖乖地习惯了各种土壤，在巴加岱尔的小河里润着纤足，混迹在它的难兄难弟——瞬息即逝、横三角形的老虎莲中。它的花瓣有六出，三条窄窄的纯色的花舌，还有三出宽宽地点染了黄色的花瓣——猪肝色，或许——但它竟然被看作是蓝色的，亏得也有一帮根本不懂什么是蓝色的人都清一色这样认为。

有鉴赏蓝色的高手，就如同品酒有品酒的行家。连续十五个夏天在圣特洛贝度假对我不仅是一种蓝色的疗养，同样也是一种钻研，它并不局限于凝望普罗旺斯的天空，有时冷落了地中海。我不去海浪休憩的细沙的温床上去乞求蓝色，知道只要黎明一诞生，大海的蓝色就会被熄灭了天空最后一颗星星的阴险的绿色狠狠地咬上一口，每个方位都会疏离飘忽的蓝色，选择自己天空的色彩：东方是紫色，北方是冷玫瑰色，西方是亮红色，南方是灰色。在普罗旺斯光线最强的时候，天顶像蒙着层灰。短短的影子都躲到树下，紧紧挨着墙根，鸟儿也沉寂了，母猫在泉水的沿上接一颗颗滴下来的水珠，正午百般刁难我们蓝色和安详的生命储备。

我们等着飞扬的灰尘的小小翅膀渐渐跌落在道路的拐角，海湾的唇上劐开一道白色的裂口，标志着所有蓝色的复活。一抹冷天青石色还给了大海，在天穹下微波粼粼，每一个玻璃樽中都晃动着一颗突然染成蓝宝石色的玻璃骰子。

在依然阳光灿烂的阿尔卑斯山脉上空，一团酝酿着暴风雨的云朵，蓝得像一只野鸽子，碰着山峰。很快，满月将在星辰的白雪中潜行，直到黎明时分，那些在白天始终闭合不开放的沙地上的白百合，将变成蓝色。

FELIX FLOS

GEMMA
POTHOS
REPENS

你们自己去

弄明白石柑

和幸运花吧。

就像描绘它

们的著名的

画家或素描

家一样：创

造吧！

幸运花①和石柑

　　如果你以为这个题目是一则印度寓言的题目的话，那你就错了。它不过是不成套的大幅彩色版画中的一张，所有这些画都有点发黄，边上缺了，是美丽的昆虫啃噬过的残骸，因拥有者不懂艺术、缺乏远见而散落了。以前，我碰巧了就会买几张。这里署名是贝莎，那里是热纳维埃夫·德·纳日，还有德尼斯——女画家和石印工，她们教我的不仅仅是我想知道的东西。多么细致！我可以去数鸢尾花大大的花舌上的绒毛，指状、表面粗糙呈颗粒状的柠檬上面的小疙瘩，还有为了便于研究，把石竹、藏红花、南欧丹参、婆婆纳和夏海棠的花的构造一一解析的技艺。

　　我在标了号的花瓣、脱落下来的雄蕊、性感迷人的小芽和马鬃一样的根须中间徜徉。我什么也不学，只是仔细地观赏。所有的文本都毁了。

　　没有任何其他信息，除了精心刻上的艺术家的地址，有时还有出版商的名字；一个住在"小田园十字街，吕桑饭店对面"，离这儿很近。啊！我的邻居，要是你我之间没有隔着两个世纪的可恶时差，我会对你的作品产生多大的兴趣啊！多亏了你，一株中国的榲桲树，表面疙疙瘩瘩

---

　　①　原文为Lackee，无可考，因和Lackey词形相似，姑且称之为"幸运花"。

的果实、翘起的锌蓝色的叶子、粉色的花才能在一张硬直纹纸上犹存它百年的风韵，好像水彩的墨汁未干似的。这一绘画艺术让人垂涎，而它的精心之处并没有让它省略了页脚的三粒褐色的像小眼睛的籽的图像。

但我最中意的是石柑和幸运花的图。它们跟在"番石榴，不用栽培就自然生长，果实可做果酱"后面。它们也跟在"巨魔草莓"后面。的确，说的是一个巨魔！那种巨大的红乎乎的内脏形状的果子，以它"正常的尺寸"，就可以盖住整本袖珍书的封面。我们可以看到浑身长毛，两瓣丰满的"肺叶"，就像殉难图上流血的耶稣神圣的内心一样。它的传奇似乎让人们见怪不怪。"树上的草莓，称赤果番荔枝，比较可口。它们叶子煎的药汤可以治胃痛。"

关于魔鬼和它的特性，我原本期待有更离奇的介绍，我在三十五年前就知道它的模样了。接下来的一页就是石柑和幸运花，合在一张画上，安慰了我对怪诞的渴望。一个结满了梨状的果子，在茶花的叶子中间红艳艳的，它的花——就是幸运花——掺了玫瑰色，嵌了碧玉色，不由得我怀疑那多半是画家、探险家、植物学家梦游遐想的结果……但之后，我又信了，我坚信幸运花"在很短的时间内，可以蹿到四十五英尺高。它产的水果人们更喜欢炖了吃，它们的味道就像小牛肉和禽肉。"

妙啊！妙啊！宛如仙境周遭的沙子！继续，继续！孤独的小牛肉万岁，游人的天意！为什么就戛然而止了呢，哦，植物标本采集者？为什么不确切地告诉我们，不满意在很短的时间内长得很大，幸运花像蛇一样，它模仿穿山甲的声音，吸引并收留了无数的萤火虫，可以为迷路的人照亮，如一座灯塔？

关于石柑，残损的美丽画册并没有注释。从它为我展现的光彩夺目的图像上看，石柑就像一根巨大的黄瓜，祖母绿的表皮规则地分割成六边形，就像浴室地上的瓷砖。每个六边形的正中央都竖着另一个凸起的几何形状，宛如一颗多色的珠宝；若说是黄瓜，那也是珍稀的黄瓜，就像一株四叶的三叶草……不，不如说是一株裂成四瓣的三叶草，形同丁香的花朵……和丁香花不同，石柑，也称缀宝石柑，就像要离经叛道一样，让人联想到一根香肠……

我不说了！尝试白纸黑字地重构透过棱镜而幻化出来的仙境，那是傻子才做的事情。你们自己去弄明白石柑和幸运花吧。就像描绘它们的著名的画家或素描家一样：创造吧！

对它的崇拜

是 建 立 在

首都民众的

狂热之上的，

一到了郊区

热情便冷却

了。

铃兰花

不只是爱俏，不只是迷信，这几乎成了一种信仰，人们在五一的时候庆祝铃兰花开。对它的崇拜是建立在首都民众的狂热之上的，一到了郊区热情便冷却了。再远些，外省恬静地呼吸着不为南方所知晓的带着酸味的小花的芬芳："铃兰花是什么花？"帮我照看圣特洛贝的普罗旺斯那小块土地的女管家问道。

您自己来瞧瞧就好了，五月的第一天，在巴黎的街道上，花店竞相抬价，二十法郎"一枝"，一千法郎一扎，看看男人们的扣眼上，女人们的花腰带上，见证了无数的对"吉祥物"的信仰！但如果去总统府邸朗布依埃附近的铃兰花市，在货架上，铃兰花铺天盖地，挤挤挨挨的。它长长的绿色叶子围在四周呈花环状，习惯使然，谁也没有想到别的扎法。

"如果您把叶子放中间，花放四周来换换花样看看"，我向一位女花商建议道。

她打量了我一下，仿佛我失去理智了似的，然后耸耸肩。

"谢谢了！那样的花，我一束都不要。"她说。

有一次，我看到几个年轻姑娘胳膊上挎着篮子，悄悄溜进朗布依埃的花园里，小心翼翼、敏捷迅速。

"我们去阿尔贝①家偷他的铃兰花！"她们中的一个冲我喊道。

"如果你们被捉住？那儿可是有人看守的！"

"您以为啊！我们和卫兵都说好了。他们不愿意看到铃兰花，因为它们的种子会让年轻的野鸡撑死的！"

一个年迈的森林女猎手——采摘风信子、野草莓、榛子、洋地黄、桑葚——出发去"猎铃兰花"了，在日出之前，穿过荷兰池塘和它周边踩得很结实的小径，听一听，确认自己没被人跟踪。她在绿色的森林变成蓝色的时候回去。她迈着老妇矫健的大步，围在她四周的铃兰花束倒挂着，耷拉着脑袋，颤颤巍巍的，二十、三十、五十束，每一束下边都绑了一根套索，就像一只偷猎来的野味。她高高兴兴地一路兜售她的花，我也没错过向这位白发的山林仙女买花的机会，插满花、香喷喷、雍容华贵如路易十四的乡野老妇。

我不怎么喜欢那些周末，森林被巴黎人包围了，在去的路上满载热面包、猪肉酱、奶酪、红葡萄酒和咖啡，回来的路上则清一色是一捆捆的铃兰花，采摘得过早，绿乎乎的像一堆堆花菜。我担心的是那些正在抱窝的野鸡，在干蕨草的巢里受了惊吓，英勇地任由自己被人手到擒来而不忍心抛下它们羽毛未丰的子女……哦，温柔的一动不

---

① 指阿尔贝·勒布朗（Albert Lebrun，1871—1950）：法国政治家，1932年当选法国总统，1939年再次当选。

动的小野鸡，在我不留神碰到的指间热乎乎的……我抽回手，我轻轻地叫唤我的母狗，它正在几步之外嗅着羽毛的气味，为了让它离开，我许诺它一条壁虎、一只鼩鼱①、一只鼹鼠，所有它知道名字的野味——我以前没叫过它野鸡这个名字……

我们在日暮时分从圣莱热、梅纽尔、蒙福尔拉莫里、诺弗勒一路回来。直到凡尔赛，孩子们留了一路的记号，用力扔出去的铃兰花束、风信子、银莲花、多花黄精（"所罗门的印章"）、蓝色鼠尾草、连线草、一摘下来就黯淡了蓝色眼睛的婆婆纳、老房子墙根拔的黄色野萝卜，还有虎眼万年青，也叫"十一点的夫人"，只要有一朵云遮住了太阳它便合上了花瓣……

但我们不再流连忘返，汽车载着我们和干渴疲惫的花儿的芬芳，有些过了头的、疲劳的快乐，那是五月专门花在依然恬静、依然铃兰花开的森林一天之行的回报。

---

① 哺乳动物，形状像老鼠，多生活在山林中，捕食昆虫、蜗牛等小动物，也吃植物的种子。

红到极致，

接着就是花

败时分。

红茶花

所有夸张的表现都会忠实地印在我们的脑海。或许只有过分本身才是和我们般配的，至少是在那个让我们感到自己充满好奇、魅力、激情和青春的时代。因为青春是不可抵挡的诱惑因子，这也是为什么我丝毫不想掺和，不仅仅是因为青春早已离我而去，更因为我的青春要做别的事情而不是自我放纵，也就是说，它得努力，得学习，得自我压抑。它得面对各式各样的东西，我都不得不一一专心去做，为了得到它们，不管游戏规则是什么。我曾经觊觎自己在巴黎拥有一座花园和一个阴暗的底楼，避风，在幽暗中木头炉火的光芒摇曳着五彩的芍药花儿。但当我认识了十三只聪明的猎兔狗之后，我就不再去想那舒适的牢笼，也不再去想巴黎有钱人的花园了。

远离这一幻想、这一芭蕾舞迎风展翅式的憧憬、这一中规中矩的遐想——十三只白色的猎兔狗——，我就满足于一条布拉邦特①犬，成年了也只有一公斤重。后来也一样。就像爱情的到来。爱的统治带着同一种近视的、巴洛克的味道，总是要求腻在一起，很少的物质就可以满足。也伴着同一种颓丧的意绪，我在收藏了太多杰作的博物馆会体会到这一感觉，让我忧郁，人们带着赞叹的喜悦收集

---

① 比利时的省份名。

藏品，就像我欢欣地迎接紫色的嫩芽破出的胜利一样，因为在我眼里，嫩芽才是——而不是博物馆———个奇观。

奇观，现在再次来到我身边，在我的房间里。六朵红茶花……

安于一些特殊的用途，它们可以努力维持几小时的美丽。它们生活在时间的空气里。它们的花和叶只是用一根线串起来的。一根黄铜丝刺穿了杯状的花萼，刺穿了满是雄蕊的茁壮的花心，这边穿过去，那边穿出来，弯一下，在枝干上打个结，把暗中被砍了脑袋、站着魂归离恨天的美丽花朵固定住。

六朵红茶花。遇到每个月的那几天坏日子，茶花女就把它们插在她肺结核病人又长又黑如丝的美丽头发上，为了示意大家她一个人睡。某种可悲可叹的品位，某种庸俗到了极点，却奇怪地被谅解了。六朵红茶花……在我上小学的时候，为了让颁奖仪式上有花，奥林普·泰兰小姐教我们用红色的纸做茶花，而我们当时还从来没有见过一朵茶花，甚至是在图上。以至于我们的花，随心所欲做得硕大丰腴，不是美化而是惨遭了变形之苦。

这时候，六朵红茶花对我而言，意味着把我引入它们充沛的活力，引入它们心仪的国度。在布列塔尼的气候下，慢慢孕育着一条千金榆树世纪林荫道，就像一座油光光的墓园。在阴影处是黑色的，在阳光下更黑，每片叶子都只允许有一点苍白蓝色的光斑在它的凸面，它们期待着依然寒冷的季节茶花一起点燃红色的时刻……

红到极致，接着就是花败时分。无法在它们开得最绚烂的地方看到它们，我心想至少在那里不会有任何生锈的铁丝把一朵沉甸甸的花的重量穿在不堪重负的枝叶上。在那里，是布列塔尼的微风，金色奶牛的蹄子，潮汐带来的阵雨，落在草地上化为红色的茶花雨……

这位仙子低

垂着脑袋，

消散了她幽

幽的芳香，

魂归九天。

人工培育的风信子

在马尔里那边，在森林里，人们确信地告诉我在落叶下面，野风信子的尖角已经长了有一节手指长了。既是威胁，同样也是许诺，在1948年1月5日。我从消息灵通人士的口中获知了一些预测，他们要在周末去看看"是否春天提前到了"。的确，它提前了，人们对此看法不一。一位乐疯了的姑娘拍着手："接骨木绿了！我们复活节去野营！"但一位明智的女子眉头低垂："栗子树的新芽已经变了样了！草地上雏菊开了！丁香的嫩芽胀鼓鼓的！复活节后的那个月①可够我们受的！"

我听着，收集这样或那样的说法。以前——我想说的是在这条腿②碍事之前——咋咋呼呼、嚷着发出警告或者欢快的预报的人是我。在沃德塞尔内滔滔的河水边，是我把11月跌落的树叶捋开，探究焦灼的鳞茎破出的苍白的小角。今天，我忧郁的特权赋予我的，不过是在大家之前，拥有一束白色的风信子。是它们，在这个绿色的花瓶里，香飘满室。它们已经在原先待过的大棚里喝了那么多的

---

① 法语中La lune rousse是指复活节后的一个月，也就是4月5日至5月6日这段时期，常有冰冻寒风（倒春寒），导致嫩芽枯黄。

② 指的是科莱特患了关节炎行动不便的那条腿。

水，它们已经那么完全地舒展了它们贪婪的经脉，再小的磕磕碰碰都会伤到它们。它们粗粗的茎充满了汁水就像蜗牛的黏液，上面撑着许多沉甸甸的、半透明的、像薄荷味的白色水果香糖的钟形小花。它们和那位纤细窈窕的林中仙子，和每年春天巴黎人潮涌入破坏却无法将它毁灭的野风信子有何共同之处？被无情无度地采撷，这位仙子低垂着脑袋，消散了她幽幽的芳香，魂归九天。只能在它活着的时候才能看到，无数株连成一片，透过依然光秃秃的矮林，远远望去显出一片均匀铺开来的蓝色，它会让你错以为："瞧，一个池塘……"

但是，哦，我肥硕的人工培育的白色风信子，诞生在一个泡了水的敞口瓶里，在你的鳞茎睡着的时候轻轻地摇晃着它，在桌上，在猫、茶壶和小男孩的练习本中间——哦，我丰腴的城里姑娘，我知道你好心要替代我所怀念的，也将是我永远怀念的：森林里蓝色的、自然的、脆弱的盛开，不计其数的花儿聚在一起，让我遐想自己在一片湖水、一片开满蓝色亚麻花的田野……

由于茎干上的叶脉不规则，它的花瓣恣意地开放，就像一个被风鼓足了的降落伞。

银莲花

天晓得它是不是勒杜特[1]画的！他在教太子妃玛丽–安多瓦奈特[2]的时候可是使出了精湛细致的技艺。花一画完，他就在上面点一滴水，宛若露珠，就像点美人痣[3]一样。就是从他那里，公主们学会了画哭泣的银莲花。银莲花，上百朵的玫瑰，还有"熊耳"[4]，一切天生就有天鹅绒叶霜的植物，在勒杜特的笔下都化为泪水，我联想到维吉–勒布朗[5]夫人的柔情，当她写回忆录的时候，她用鹅毛笔蘸着她美丽的眼睛滴落的苦涩泪水……

我这里的银莲花都是干枯的眼睛。它们是十二月离开尼斯的园艺房的，残酷的大工业一点也不会怜花惜玉，它

---

① 勒杜特（Pierre Redouté, 1759—1840）：法国花卉画家和石印艺术家。

② 玛丽–安多瓦奈特（Marie-Antoinette d'Autriche, 1755—1793）：法国国王路易十六的妻子，1793年10月16日被送上断头台。

③ 美人痣（mouche assassine）：指的是过去妇女点在眼睛下面的美人痣。

④ 熊耳（oreille-d'ours）：拉丁语学名Stachys lanata，绵毛水苏，因为叶子长着细细的绒毛，像熊的耳朵。

⑤ 维吉–勒布朗夫人（Vigée-Lebrun, 1755—1842）：法国（先是路易十六，之后是拿破仑一世的）宫廷肖像画师。

不允许有这种诗意，花冠的随意无序，颜色的混杂。它们一路运来都没有喝水，也没有因此而死掉，只是有些憔悴昏厥的样子。它们到我这里的时候虚脱了，蔫着，只露出它们暗淡的、带着细细螺纹有点毛茸茸的花瓣的背面，只露出菜园里而不是花坛里才会需要的粗壮香芹般的叶子。不省人事的它们，这些在冬日的阳光下被拔起的普罗旺斯的花儿们给予我的猩红色、玫瑰色和紫色的苍白许诺是否永远都不会兑现？

　　一次温和的足浴过后，它们几乎雀跃着复苏过来。圆圆花朵的绚烂！不对称的鸢尾花犹豫着，用奇数的花舌撕破它丝绸般的花瓣；玫瑰在它的束身衣下面有时喘不过气来；银莲花的举止是一个绝妙的决定。由于茎干上的叶脉不规则，它的花瓣恣意地开放，就像一个被风鼓足了的降落伞。我也常常把它比作黄昏时分的缟裳夜蛾，它放弃在百叶窗后或松树枝干上白天一天的睡眠，伸出它第一双灰色的翅膀，忽然舒展它黑色或蓝月色由浅入深缲边的覆盆子红的夜宴的裙裾。

　　每一朵银莲花，恢复了常态，现在都带着惊人的红色天鹅绒、纯净紫罗兰的颜色；有两三朵"稀有的"花带着细细的虎纹，像郁金香一样，几乎是栗色的和不完全是酱紫色。在幽居的桌子上如一捧美丽的火焰！显然，我喜欢这些花。但我对动物的喜爱也不逊色；或许银莲花知道这个，因为它在盛开的花心，为我带来了一只小小的、蓝色纺绸的漂亮刺猬。

除了菜叶子、呛人的野草，我们的朋友还宣扬某些花的食用价值，在一些情真意切的散文之后，都担保它们有相同的功用。

嫩 芽

"美味垃圾箱"的推广者有一个雅利安人的名字：路易·福雷斯特①。事实上，我们可以看出他是个最讨人喜欢的犹太人：精明、耐心、优秀专栏作家、美食家、饕餮客。只是，因为他一贯恪守自己的原则，他雄辩的美食论调在几篇我不能说是关于烹饪艺术的散文中就难免显得站不住脚，而公众对它们的新奇感也没有持续很久。

吃煮熟的胡萝卜叶子，啃生萝卜叶子和萝卜，留着雅葱的叶子、嫩荨麻、芦苇的根茎，把榕莨的根、海蓬子芽拌色拉——我不多说别的和那些最苦的——这就是路易·福雷斯特的创意在前一次战争中给他带来的虔诚，如果不说是完全的信仰的话。

我记得"美味垃圾箱"的几次宴请。这些"大餐"的尾声完全可以和序幕媲美，因为在干果甜点之后，是没有鸡蛋也没有面粉做的蛋糕、刺檗果酱，路易·福雷斯特在一个他自己发明的咖啡壶里调制了一种无可厚非的咖啡。

除了菜叶子、呛人的野草，我们的朋友还宣扬某些花

---

① 一战时期，物资匮乏。1916年6月26日，记者路易·福雷斯特首次邀请整个巴黎的名流到《晨报》大厅参加"美味垃圾箱午餐"。用通常要扔掉的菜蔬水果的某些部分来做菜，如：野花色拉、奶油胡萝卜叶、果皮蛋糕、荨麻炸牛肉丸子、法式豌豆荚等。

的食用价值，在一些情真意切的散文之后，都担保它们有相同的功用。但没有任何一个"垃圾派"的拥护者或青睐者同意吃玫瑰花瓣色拉，折损美丽旱金莲的信誉。对我而言，我已经对后者、对它有点腐坏辛辣的味道不感兴趣，我只能接受攀缘、匍匐、优雅的旱金莲，顶端尖尖的、小小的花骨朵，在圆圆的、有点蓝色的叶子间红艳艳的，叶子可以承接浇水或下雨的水珠而不弄湿。我喜欢它丛生在我乡间的花园里，在普罗旺斯，我把它和淡蓝色的蓝雪花搭配在一起，二者把它们的发丝和它们爱的色彩交织缠绕在一起。

这些我们拒绝列入食品的植物，我们把它们放在椭圆形小盘子和短颈大口瓶里，放在神秘的醋"妈妈"沉睡、酝酿的陶瓷小桶里。当季节让旱金莲开到荼蘼，慢慢鼓胀出种子，我把它加到掉落下来的刺山柑花蕾、海马齿肥嘟嘟的小枝、早夭的蜜瓜、蔫蔫的胡萝卜、几个长得太瘦的豌豆荚、一架葡萄藤上的青葡萄，所有这些拒绝变甜的一季的次品，都到醋缸子里去发挥它们淡淡的功效，为了日后让一道有些忧郁的冷小牛肉变得高兴，击破粗盐牛肉的最后一道防线。

窗台花盆里

那朵红得像

血的花，就

是他留下的

一切。

女门房家的侧金盏花

一个撕心裂肺的声音从远处传来：

"阿多尼斯①死了！阿多尼斯死了！哦，阿多尼斯！……"

"是谁叫成这样？"

"是楼上的夫人，因为阿多尼斯死了。"

"阿多尼斯死了？啊，这就是我们的命！不幸降临得多快啊！"

"尤其是一次打猎的意外……在野猪垂死的时候得特别小心……野猪会骗人……但谁也不能打消我认为其中有女人的报复的念头。"

声音：

"阿多尼斯……哦，阿多尼斯……"

"您听到了，楼上的女人，她一晚上就只喊这个名字。"

"哦！她会平息下来的。她又不是情窦初开。"

"这么一个帅小伙子！结实得可以活到一百岁！"

"他当时光着身子躺在草地上，我亲爱的夫人，没有人救治也没有人帮他包扎！如果您愿意相信我的话，他突然变得让人都认不出来了。"

"怎么会？"

---

① 阿多尼斯（Adonis）是男子的名字，和法语侧金盏花（adonide）词形相近。

"就像我跟您说的那样。变了形，人们都这么说。瞧，您明白了吗？窗台花盆里那朵红得像血的花，就是他留下的一切。"

"这简直不可思议！"

"并不是因为它丑，但它还真不起眼。一朵小得像豆子的花儿……一颗美人痣，在花心……"

"阿多尼斯也有一颗美人痣，一模一样。"

"关于这个年轻人的私事您知道的比我多，夫人。"

"我只知道这个，夫人。"

"但这足以让人产生联想，夫人。"

"得了，得了，您不会为一朵小花而吵来吵去的，不是吗？一朵微不足道的花，四周要有很多叶子来衬托！"

声音：

"阿多尼斯！哦，你，我的全世界！"

"这儿有一位可跟我们想的不一样，您听到了？她可以大喊大叫，但人死不能复生。就像您说的，那么希望他变形，我们的诸神完全可以把他变成更大一点、更好看一点的东西。"

声音：

"阿多尼斯！阿多尼斯死了！"

"到最后，她让我们听得头都要裂了。大家也该谈论点别的东西了。我得走了，夫人，我要好好去花我的果酱券了。"

声音：

"阿多尼斯，哦，阿多尼斯！你如花的血滴落在苔藓上，这个大理石，你的胸膛，比菲碧①还白，照亮了被一场死亡意外玷污的林间空地……哦，阿多尼斯永远不死……"

① 菲碧（Phoebé）：十二泰坦之一，月之女神。后与希腊神话中的阿耳忒弥斯相混，成了阿耳忒弥斯的别名。也译菲贝、福珀。

她们那么贪婪地吮吸着花瓶里的清水，水位慢慢下降，我仿佛听到她们吮吸的声音。

红口水仙

　　红口水仙真是豪饮之徒，在我家乡人们都这么叫她。她总是口渴。借助她绿色、稚嫩、脆弱的茎管，她就像用一根吸管喝水一样。她汲取海绵般的草地上的水分，吸干小沟壑、森林里的"圆水洼"，她吸收冬天的雨水盈满的临时小溪流岸边的潮湿。早春时分，人们谈论的只是她，红口水仙，红口水仙，红口水仙……

　　但她有时也会改变性别，于是人们叫她水仙①。水仙带着奶油般的苍白光泽，绣了一抹红色镶边的、有凹凸花纹的细布绉领憩在如宽圆花边领的花瓣上……宽圆花边领，细布绉领和镶边……是不是我的词语贫瘠，而且我用的尽是一些女性的饰物来形容？不是的，而是这一比喻很直接，很形象，把花瓣比作女人的饰物，把花冠比作花边。

　　至于硕大的红口水仙，她粗粗的空心花茎在草地上吹响它的象牙号角，因此人们也称它们为"喇叭水仙花"。在小阁楼的尽头，黄得像金子、深得像洋地黄的花心，藏着一家子雄蕊。坚忍的花冠完全是一个错综复杂的陷阱，天真的香气被雨水打着、严寒欺凌着、三月的阳光唤醒

---

　　① 在法语中，红口水仙（jeannette）是阴性名词，而水仙（narcisse）是阳性名词。

着。仿佛脖子上围了一圈皱巴巴的丝绸，啊！这位红口水仙，人们从来没能教会她像模像样地摆弄好它的领结。这也不妨碍庆祝复活节的时候，巴黎花店一车车运送的大大的复活蛋只用她来装扮。在复活蛋的小头，卖花女用细长幽绿的水仙叶子围成羽饰。人们不知道为什么，但传统就是这样要求的。因此环绕在水仙叶子中间的复活蛋活脱就是一个菠萝的模样。

　　我多么喜欢，在普罗旺斯南方，白色的红口水仙开在黄色的红口水仙之前，然后是比橘子花更浓郁的黄水仙盛开！我多么喜欢，在那个冬天既不凛冽也不漫长的地方，这些跑在春天最前头的花儿……我没什么好抱怨的，今天我在巴黎的桌上就有她们。她们那么贪婪地吮吸着花瓶里的清水，水位慢慢下降，我仿佛听到她们吮吸的声音。我有白色的、黄色的水仙花，哈瑞斯甚至还加了一束——哦，真是惊喜！——粉色的水仙花……不过我怀疑哈瑞斯在把她们送给我之前，在这些暴饮者的饮水槽里倒了满满一杯红墨水……

la queue-de-souris

pulmonaire

épine-vinette

consoude

chiendent

la grand chélidoine

sisymbre élevé

violette-de-chien

tilleule

verveine sauvage

menthe

santonine

mélilot jaune

feuille d'orange

tussilage

民间流传的

药典， 缺

少科学依据，

一点也不在

乎自由发挥。

药 草

对我而言，这一切都是始于对植物认知的热望，都是从我很早就投身到医学生涯中的大哥那里学来的，他爱花草胜过爱人，爱动物胜过爱花草。当我和他一起去乡下的时候，我自以为是在采集植物标本。但是我不过是在享受茜多的孩子美妙的自由的特权罢了。

从前，我家乡的医疗队伍是由头发花白、颤巍巍像秋霜的年迈的波密埃医生和一小撮卑微的土法接骨医生、"舵手"和接生婆组成的——我母亲说到后者的时候总是用抨击和神秘的口吻……药草的名称，一张充斥着可爱错误的植物列表对我而言难道还不够吗？过去，在一个村子里，向来都不缺采药草的人。"吃死人的危险可不少！"茜多这么说。但偷偷地，我在森林里追寻它们。它们不声不响，香气怡人。它们所到之处，受到指责的蒿属植物、沼泽薄荷的气息弥漫不散。那些自以为是的老妇人对此深信不疑。她们很少坐着，常常站着休息，一边织着毛衣，第四根毛线钢针插在一个大桃核上，桃核上拴了根线挂在肚子上，一代代从母亲传到女儿手中，磨得溜光……

只有一个老妇人在刺绣，绣得真叫说不出的好。在被圆框眼镜弄瞎的眼睛、泡在洗衣水和药茶水里的手下诞生出来的是贵妇人绣了花体姓氏首字母的手帕，享尽千娇百宠的宝宝的洗礼时穿的裙裾，有着叶饰和圆饰的面纱，还有新婚之夜的睡衣，因为繁复的包花绣和土耳其针法变得硬邦邦的，好像新娘子不把它套在身上，它自个儿也能杵在新郎的面前……

时间摧毁了花草刺绣妇人的作品，没有人知道她的姓名，只知道她叫瓦伦娜。我母亲和我，我们好多年来一直留着几个绣花衣领，几条绝对不会用来擤鼻涕的手帕。奇迹般地保存了下来，它们还是慢慢遗失了。瓦伦娜脸上的每一条轮廓都像极了居斯塔夫·多雷①画的佩罗②童话插图中用刀子挖空灰姑娘的南瓜车驾的女巫，就是面部充血肿胀得更加厉害些。

这一容貌上的相似给刺绣老妇人增添了不少魅力和各种威信。只要我问她，就不用担心瓦伦娜会有丝毫的犹豫。她说出一个名字——我说什么呢！——两个、十个名字，她解说道：

"这可以治疣……这可以毒死狗……这是蛇草，在你看到它的地方，你一定可以在附近看到一条蛇。毛茸茸的小叶子，那是老鼠尾巴草。"

"为什么？"

"没有为什么，就是老鼠尾巴草。那儿，是一株疗肺草，可以治肺病。"

---

① 居斯塔夫·多雷（Gustave Doré，1832—1883）：法国插图画师、油画家和雕刻家。为拉伯雷（1854）、但丁（1861）、塞万提斯（1863）等作家的作品画过插图，他画的《灰姑娘》（1862）的插图闻名遐迩。

② 夏尔·佩罗（Charles Perrault，1628—1703）：法国作家，以《鹅妈妈的童话》著称。

看到一种小小的红色的莓，她教导我说：

"你可以吃它，这是刺檗，你可以拿它做果酱。但你不能把它种在麦田里。"

"为什么？"

"政府明令禁止①。它会毁了麦子。这是大托盘草②。和菠菜一样。小樱桃，是茄属植物。"

"好（吃）吗？"

"是的，让人吃了吐好管用的。"

"那就是说它不好（吃）？"

"怎么不好，让人呕吐管用着呢。你怎么啦？你被刺到手了？真是活该。来，过来，走过来，别动，我来帮你收拾它，你的大刺蓟。"

她打开她的刀，用半截子手套护着光着的手，拔掉一个紫色枝形大烛台式的巨大的蓟上的刺，它们是朝鲜蓟全面武装的乡下兄弟。我过去常常吃它们，这种高高的大刺蓟，我现在还吃它们的底座，蘸了盐或酸醋沙司吃得起劲。

我从来没有把童年这种学习的欲望和把孩子引到长毛的醋栗、野酸模、地榆面前去的食欲区分开来过，就像把猫引到狗牙根③跟前的食欲。在这一方面孩子知道的要比动物少得多，尤其是食肉动物，满脑子都是关于草药的

---

① 似乎确有其事。——原注

② 是聚合草，我猜想。——原注

③ 植物名，俗称绊脚草。

认识。我的前一只叭喇狗，在圣特洛贝，如果吃了不能让它马上觉得满意的东西，它就会随便采点草药吃吃，然后把刚才吃进去的东西吐出来。有一次，它先吃了适量的狗牙根，流着口水又啃了一株野杏树苗，吃掉了它所有的叶子，之后又吃了一棵美丽的百日菊，不过它留下了花，晕晕忽忽晃晃悠悠，最后终于倒空了南方气候搅腾的胃里的东西。至于百日菊，我发现叭喇狗吃它已经成了一种习惯。

玛格丽特·莫雷诺①在她的一卷回忆录中告诉我们一个阿根廷的动物园馆长是如何给他的那些猛兽吃有清肠作用的狗牙根的。谈到"清肠"这一话题，瓦伦娜滔滔不绝。利尿的植物还真是药用多多。发音用词有些别扭不碍事！瓦伦娜把山道年说成山道连，把"清池"说成是"乳草"（白屈菜）②。但她的谬误丝毫无损信徒们对她的尊崇。她说那是"牧人之针"，一种微小的伞形科植物，但如果碰巧在她面前的是荠菜③——另一种不起眼的草，她就容易把二者混淆了，犯点不着谱的错。又过了许久，我发现人们不容易让那些已经不再会有艳遇的女人远离种种影射所产生的混淆之误。

---

① 玛格丽特·莫雷诺（Marguerite Moreno，1871—1948）：法国女演员。

② 法语中"乳草"（herbe-à-seins）和"清池"（chair-bassin）发音近似，指的是白屈菜。

③ 法语是bourse-à-pasteur，按字面的意思是"牧师的钱袋"。

瓦伦娜不会搞错植物的品种，就是会把名字叫拧了。她以个人的发音而改变了花草的名称，我还记得其中的几个。黑矇，这一过去常常危险地用毒银莲花来治的病成了"恋爱中的女人"[1]；旧日的麻醉药被当成了春药，无一例外。根本不把布瓦洛写给拉辛的一封鼓吹唐芥——也称"大蒜芥"[2]的药用功能的信当回事，因为失音，我们的瓦伦娜把它说成是"下疳草"，把它误用来治疗……

民间流传的药典，缺少科学依据，一点也不在乎自由发挥。不管是"巫婆草"还是"生男草"……你去瞧瞧：在我家乡，你会发现说"天葵竺"的人到现在还比说"天竺葵"的人多。紫罗兰，在花季末期，会变得苍白：它被叫成"狗紫罗兰"。在几乎雪白的底色上透着一丝淡紫，没有香气、小小的、水边的花朵，没有人注意它，我们已经远离了真正的紫罗兰的季节，它从二月开始就开满了朝西和朝南的河岸。人们不带茎只采下它的花，然后把它们摊在白纸上，晾在阁楼的阴凉处。它们的香味弥漫了整座老房子，茜多说它们的味道是"一开始香，最后臭"，等着秋天用它们来治疗我们的感冒。如果说我从来没见过村子里哪一家不晒药草的，我却从来没有看见我母亲用它们

---

① 法语中"黑矇"（amaurose）和"恋爱中的女人"（amou-reuse）发音相近。

② 法语herbe-aux-chantres是大蒜芥，字面意为歌手草，是治嗓子的一种药草。而herbe-aux-chancres字面意为下疳草，可见瓦伦娜误把它当作治下疳的药草了。

治过病。我就是从她那里学到了野紫罗兰冲泡之后只有淡淡的绿色，而椴树……呃！我的天，当它像围满蜜蜂的小火山，一簇红棕色的花朵，橘树的劲敌，狡诈的情人，如雨飘落的金色花粉，这难道还不够吗？煮沸了还指望它治你的发烧？在一个个方形的小橱子的标签上写下它的名字，橱子在中间有一个圆按钮："紫罗兰、椴木花、马鞭草、薄荷、草木樨、橘叶"，别忘了还有款冬！最后这个，我忘了它细细的黄色带毛的爪子伸向什么病，治疗什么、预防什么了。"魔鬼的圣女"，多么美妙的名字！尽管我同样也忘了它的药用，它的学名，还有另一种吹嘘是"外科医生的智慧"的药草，我只记得它的这个名字。

"它有什么用？"我问。

瓦伦娜用第四根毛线针的一端戳到湿手绢下的头上挠了挠，从老式圆框眼镜下投射出的目光落在远处的森林里，藏着想象中的万灵药和致命毒汁的所在，回答说：

"没什么用。"

今天，死去的瓦伦娜并没有完全丧失她的威信。她的草药方子不过是缩小了影响范围。泻药、堕胎药草、助眠药草、忘情草！显而易见我又在向它们寻求梦想的素材了。

在我家乡，

它在潮湿的

森林里张着

嘴，但它的

小号角般的

花朵在野地

池塘边一直

保持绿色，

我们称呼它

为"修士"。

马蹄莲

　　这是一朵花——如果人们愿意这样说的话。而我恰恰不愿意这样说。从哪儿你们看出来马蹄莲是一朵花？根本就没有花瓣。根本就没有花萼。花茎上的绿色突然撑开来，没有丝毫接缝，长成一个小号角的模样，慢慢变白。铺在栅栏上的白色旋花知道得更清楚，曼陀铃长长的坠子是一串有毒的珠宝。但你喜欢海芋①，它的简朴，它的挺拔，"多么朴素，多么有力"，你说……我在这里是要找你的茬儿，还是找海芋的茬儿？

　　还有鹤望兰②，不容置疑的优雅和花儿的魅力。数量多，颜色也多，它们聚满了阿尔及尔的圣乔治旅店……多少深蓝、淡蓝、橘黄色的羽冠顶在每一根花茎的枝头，多少尖尖的鸟喙，这也恰好印证了它的别名"天堂鸟"……但我从花儿奇怪的掌状中看出一个暹罗人的手势，拇指和食指合在一起，其他三根手指警觉地竖着。在暹罗舞蹈语汇中，在舞者长时间柔弱的手臂上竖起，表示一种基本的表情特征——愤怒。被激怒的手，反抗的花朵，是谁先去模仿谁？

　　她很美，舞女伊特，她扮演反串的角色，很美，尽

---

①　马蹄莲的别称。

②　别名天堂鸟。

管扑了一层厚厚的妆粉，扁扁的无动于衷的脸，小小的鼻子微微从两颊隆起，因为她扮演一个盛怒的王子的哑剧角色，所以每时每刻她的天才的小手都是拇指和食指合着，另三根手指翘起，随手腕灵活舞动，表示了"愤怒"一词，让我想起鹤望兰。

因为缺少喜爱和理解之情，我回到另一种丝毫不能打动我而西方扎花束总是把它放在显眼的位置上的花上：海芋。在我家乡，它在潮湿的森林里张着嘴，但它的小号角般的花朵在野地池塘边一直保持绿色，我们称呼它为"修士"，在它卷起的号角中央，一根褐色花柱，杵在那里就像站在教坛上的布道神父。它的花开得不好，这个小修士，就让它们待在奥德耶的矮树林里，在那儿，人们还可以见到它，春天的预告者，让你如此喜欢的像白色小羊羔一样的大大的海芋。

你会跟唐吉说什么？在我住的新府邸前的那片空地上，熟稔的荨麻和狗牙根被海芋、还是海芋侵占了？一群活泼的乡下孩子每天都来砍伐、糟蹋没有味道的大号角。看到只求活命的花儿遭到肆虐总让人心生怜惜。有时候我跟府邸一个装模作样的帮凶抱怨，他游手好闲地叉着手，耸耸肩膀。

"必须砍掉"，他说，"那是莠草。"

"可怜的海芋……"

他抬抬他天鹅绒般的眉毛：

"不是海芋"，他说，"是马蹄莲。"

在 他 们 身

上 ， 是 一 种

忧郁的预算，

用数字、克、

法郎去数去

衡量，害怕

自己弄错。

罂粟

轻飘飘的头颅！晃晃悠悠像一个铃铛，而且还不是中空的铃铛。在她圆圆的花冠上，排着一根根细细的管子，一旦成熟，就朝大地喷洒出胡椒粉一样的种子，随后长成来年的一株株新的红艳艳的罂粟。为什么我们不从这一完美的造物身上学习制造盐瓶、胡椒瓶和在草莓上撒糖的糖瓶的技艺？

绿色的虎皮鹦鹉会啄它的种子，如果我们任它们恣意妄为的话；但我们不会任它们胡来的。因为罂粟的籽一旦熟透，就没了苦涩的味道，有了一种鸦片杏仁的怡人滋味。小时候，我们整把整把地嚼它们，大人们用皮鞭、消化不良、昏睡不醒来吓唬我们。我们因此睡得更久？我不记得它的副作用要比同样也是笼中的鸟儿们抢着吃的大麻籽更厉害。我记得麦田里虞美人属植物盛开的气息和味道，和成排成排的紫色药用罂粟花交相辉映，伴着花坛里如火如荼的红色大罂粟顶上干燥的秕子的轻响。

这一位，在猩红色的花杯底部有一块乌青，在竖着绒毛、让人忍不住要伸手去抓的绿叶中间傲然睥睨，那些谨小慎微的人称呼它是"靡费斯特"[①]。费利克斯·德·旺

---

① 靡费斯特（Méphisto），欧洲中世纪关于浮士德的传说中的魔鬼（Méphisophélès）。

德奈斯徒劳地用它来征服性感的德·莫尔索夫人①。几乎
要害了她，罂粟让这位不幸的已婚女子沉睡不醒。它还被
运用到别的罪行中，比如倒在奶瓶中让羸弱的婴儿安息。

我把大罂粟蓝色的花粉、慢慢舒展的裙裾留在田野和
花园里。很久以后，我在巴黎和它们重逢，紧闭在重重的
大门后面。糖浆状的、黑乎乎的、被看管起来的，它那时
被叫作"毒品"，在一杆烟枪上慢慢鼓胀，一滴滴地滴落
在头发、靠垫和躺着的身子之间。我认出了它的味道，以
前从来没让我觉得这气味是那么可爱，那么完美，一种不
自满的味道，微妙地让人想到块菰和微微焙过的可可。

不需要抽过鸦片才喜欢鸦片。贪婪的烟鬼把他们的
灵魂和鸦片联系起来只是因为后者成了他们无可替代的拯
救。在他们身上，是一种忧郁的预算，用数字、克、法郎
去数去衡量，害怕自己弄错。但对不赞成吸大烟的鸦片气
味爱好者来说，偶尔来一点形式多样的愉悦，几小时闻着
茶和烟草的香气，有时是和丝绸、一块珍贵的地毯、没有
心机的友情接触，还有足以让壮丽的猩红色罂粟变成紫红
色的温柔庇护。

---

① 巴尔扎克《幽谷百合》中的男女主人公。

一块小石子，

一根草，一

张落叶都比

它更有味道。

铁筷子

在我们那里，在很多别的地方，人们叫它圣诞玫瑰。但它长得一点也不像玫瑰，甚至不像娇羞泛红的小小的犬蔷薇花，它有五瓣花瓣，和所有花儿一样。

一块小石子，一根草，一片落叶都比它更有味道。但它并没有接到散发芬芳的任务。但愿十二月降临，但愿白霜覆盖我们，它会向你展示它知道怎么做。一场不是太粉末状的大雪，有点重，冬夜里，西风呼啸，铁筷子像先驱一样到来。在我童年的花园，搬起冰雪覆盖的石板，它肯定会在藏在下面，冬天的玫瑰。

充满许诺，出人意料，弥足珍贵，弯着身子却活着，铁筷子在冬眠。只要有大雪压着，它们就保持闭合着的、蛋一样的模样，只是在鼓胀的花瓣顶端露出一抹淡淡的粉色，好像暗示了它们在呼吸。星形的茂盛的叶子，挺拔的枝干，那么多的特性宣告了它感人的坚忍。被采摘回来，它敏感的贝壳状的花骨朵儿在房间的温暖中慢慢松开它们的接缝，把黄色的绸缨子解放出来，幸福地生活、舒展……铁筷子！当你们被送到花店的时候，头一道处理工序就是把你的花瓣全掀过来，他也是这样折腾、虐待郁金香的。在卖花郎之后，我又反其道而行，我向你们保证，在我家，水一直满到喉咙口，光线一直照到眼睫毛上，你们可以继续你们羞报的睡眠，然后就这样在人类的手中死去，而温暖的积雪本可以让你们——铁筷子保全性命。

英国传记电影《科莱特》剧照

脆弱的、柔韧的、苦涩的葡萄卷须也把我牵绊住了，当我青春年少、睡得又香又沉的时候。

葡萄卷须

　　从前，夜莺不在夜晚歌唱。它有漂亮的声线，春天一到，就从早到晚婉转啁啾。它和伙伴们一道在黎明初透灰蓝之光时分起身，他们惊醒的骚动让丁香叶子背面沉睡的甲壳虫都晃悠起来了。

　　他听到七点、七点半的钟声就歇息了，不管在哪儿，常常是在散发着木樨草味道的葡萄花开的果园里，一觉睡到第二天天亮。

　　一个春天的夜晚，夜莺立在一根葡萄嫩枝上睡着了，嗉囊圆鼓鼓的，耷拉着脑袋，好像脖子酸了、优雅地弯着。在睡梦中，葡萄的触须，这些柔弱而坚韧的葡萄卷须透出新鲜酸模既刺激又解渴的气味，葡萄卷须长得那么茂密，那天晚上，夜莺惊醒的时候发现自己被捆住了，爪子被缠在葡萄藤上，翅膀也软弱乏力……

　　他以为自己快要死了，挣扎着，费尽千辛万苦才得以脱身，他发誓整个春天，只要葡萄卷须还在生长他就不再睡觉了。

　　从第二夜开始，为了让自己硬撑着不睡着：

　　　　只要葡萄在生长，生长，生长……
　　　　我绝不再酣睡！
　　　　只要葡萄在生长，生长，生长……

他变换主旋律，耍耍花腔，被自己的嗓音迷住了，成了迷狂、沉醉、娇喘微微的歌手，听到他歌唱的人都情不自禁要看着他歌唱。

我曾见过一只夜莺在月光下歌唱，一只自由自在的夜莺，不知道有人正暗地里偷窥。有时，他歇了歌唱，曲着脖子，仿佛要聆听自身一个音符慢慢消散的袅袅余音……之后他奋力再次歌唱，鼓足气，脖子向后仰，仿佛一个绝望的失恋者。他为歌唱而歌唱，他唱得那么美好，美好到不知道其中的意蕴。至于我，我仿佛又从金嗓子的乐声中听出了低沉的笛吟，水晶般清脆抖动的颤音，清纯而有力的呼唤，仿佛又听到了被葡萄卷须缠住的受了惊吓的夜莺天真的初啼：

　　　　只要葡萄在生长，生长，生长……

脆弱的、柔韧的、苦涩的葡萄卷须也把我牵绊住了，当我青春年少、睡得又香又沉的时候。我会蓦然惊醒，我弄断所有那些缠在我皮肤上的卷须，我逃脱……当甜蜜新夜的倦意压在我的眼睑，我担心葡萄卷须，我大声抱怨，这才让我明白那是自己的声音。

独自一人，半夜醒来，我看着妩媚而沉郁的星辰在我眼前升起……为了不让自己再度坠入幸福的梦乡，坠入满架葡萄花开充满谎言的春夜，我聆听自己的声音。有时，我狂热地大声叫喊着人们习惯缄口不语、习惯低声呢喃的话语——之后，我的声音变得有气无力，渐渐成了低语，因为我不敢继续……

　　我想倾诉，倾诉，倾诉我所知道的一切，我所想的一切，我所猜测的一切，所有让我欣喜让我受伤让我惊讶的一切；但每当聒噪之夜消退、黎明来临之际，一只清凉的理智之手就会按在我的唇上，于是我兴奋的叫喊平息成温和的闲话，恢复了孩子的伶牙俐齿，高声说话不过是为了让自己安心或麻木……

　　我再也不能享有幸福的睡眠了，但我也不会再害怕那些葡萄卷须了。

她的批判精
神就像一条
活泼、好动、
热情、快乐
的小蜥蜴，
猛地咬住半
空中的要点、
瑕疵，像一
道闪电照亮
了黑暗中的
美好，像一
道光洞悉了
狭隘的心灵。

茜多

"为什么我要不再做自己村子里的人？想都别想。你现在神气活现了，我可怜的小宝贝，就因为你婚后住在巴黎？看到所有这些巴黎人自以为住在巴黎就了不起，我忍不住要发笑，那些地地道道的老巴黎人把这当成是得了个贵族头衔，那些没根没底的外来户则认为自己高升了。依了这个想法，我大可以吹嘘吹嘘，我母亲就出生在波纳努维尔大街！你呢，你好比是她脚后跟上的一个虱子，因为你不过是嫁了一个巴黎人。我所说的巴黎人，真正土生土长的巴黎人，他们并不怎么把这个写在脸上。好像巴黎把所有的痕迹都抹杀了一样！"

她顿了一下，撩起遮着窗户的珠罗纱帘子：

"啊！你瞧，岱芙南小姐正带着她巴黎表姐四处趾高气扬地散步呢。她根本都不消说，这位盖利奥夫人是从巴黎来的：丰腴的胸，小巧的足，纤细的脚踝简直承受不了身体的重量；脖子上挂了三两串项链，头发梳得那么别致……我只要瞧上几眼就知道这位盖利奥夫人是一家大咖啡馆的收银员。巴黎的女收银员只打扮她的头脸和上半身，反正身子其他部位白天也看不见。此外，她路走得不够多，肚子吃得那么肥。在巴黎，你会看到很多这种水桶腰的女人。"

当我还是一名非常年轻的女子的时候，我母亲常这样议论。但早在我结婚之前，她对外省的青睐压倒了对巴黎的喜欢。我在小时候就已经记住了她语重心长道出的名言警句，多半是劝诫的话。她每年也就出三次远门，她是从哪儿学到了它的威信和精髓？从哪儿获得这种定义、深入问题的天分，这种敏锐的观察能力？

我对外省的热爱，如果不是从她那儿遗传来的，那也是受到了她的熏陶，如果说外省不仅仅指一个远离首都的地方、区域，还是一种等级意识，一种淳朴民风，以住在一所古老、荣耀的老宅子里而感到自豪，老宅子四处门户都关着，但人们可以随时打开通风的谷仓，干草房堆满了干草，主人们秉承家族的规矩和尊严。

作为地地道道的外省人，我迷人的母亲"茜多"常常把她灵魂的眼睛盯在巴黎上。巴黎的戏剧、时尚。巴黎的节日，她对它们并非无动于衷，也不陌生。她喜欢它们至多是出于一种有点咄咄逼人的激情，一会儿爱俏、一会儿赌气、一会儿刻意接近、一会儿怨声载道。大约每两年她去品味一次巴黎，这就足以让她在其余时间享用了。她每次回到家都带回一堆沉甸甸的巧克力块，外国风味的食品和衣料，但更多的是演出节目单和紫罗兰香精，她开始向我们描绘巴黎，每个轮廓都那么恰如其分，因为她不会漏过任何一个细节。

一个星期里，她参观了新出土的木乃伊、扩建的博物馆、新开张的商店、听了男高音独唱和关于缅甸音乐的讲座。她带回来一件朴素的大衣，几双平常穿的长袜和昂贵的手套。尤其是她为我们带回了她那双顾盼生辉的灰色眼眸，她那因疲惫而泛红的脸庞，她像鸟儿一样扑棱着翅膀回来，担心家中一切会因为她不在而失去了生活的热情和趣味。她从不知晓，每次回来，她那件灰皮大衣浸透了淡栗色的芬芳都让我说不出话、无法表露内心的感受，这种女性的、贞洁的清香和庸俗女子腋下发出的蛊惑味道相去甚远。

只消一个手势、一个眼神，她便重拾起家中的一切。多么麻利的手啊！她剪断粉色丝带，解开殖民地的特色食品，精心叠好散发着漂洋过海气息的黑色柏油纸。她说着话，把母猫唤来，飞快地瞥一眼我消瘦了些的父亲，摸摸闻闻我长长的发鬈，确信我已经梳过头了……有一次，她刚解开一根窸窣作响的金色细绳，忽然发现罗纱窗帘下面，紧挨着一扇窗玻璃旁有一株天竺葵，一个枝丫耷拉下来，折断了，但还活着。她用一小块硬纸片把它支撑住，那刚解下来的金色细绳马上就缠在了断枝上面，绕了足足有二十圈……我战栗了，以为自己是嫉妒得发抖，而这情景不过由金丝带卓有成效的救助所产生的魔力而唤醒的诗意的共鸣罢了……

虽然是典型的外省人，母亲却丝毫没有喜欢贬低他人的喜好。她的批判精神就像一条活泼、好动、热情、快乐的小蜥蜴，猛地咬住半空中的要点、瑕疵，像一道闪电照亮了黑暗中的美好，像一道光洞悉了狭隘的心灵。

"我脸红了，是吗？"她在和某位心思七歪八拐的人谈过话后这样问道。

她的确脸红了。真正的女预言家，在潜入他人心灵深处之后，再浮起总有点喘不过气来。有时候，一次平淡的来访也会让她满脸酡红，浑身无力，许久倚在绿色棱纹平布大软垫圈椅的扶手上。

"啊！韦弗内这一家人！……我多累啊……韦弗内这一家人！我的上帝！"

"他们对你怎么啦，妈妈？"

我刚从学校回来，我的小腮帮子里还塞着一块羊角面包，新鲜面包的一角还留在嘴巴外面，涂满了黄油和覆盆子果冻……

"他们对我做了什么？他们来过了。他们还能对我做什么别的，更糟糕的？新婚的小两口前来拜访，韦弗内大妈陪着……啊！韦弗内这一家人！"

她没再跟我说更多的话，过了一会儿，当我父亲回来，我才听到了下文。

"是的，"我母亲谈论道，"结婚才四天的小夫妻！多不合适！才结婚四天，那本该躲在家里，不在街上招摇，不在客厅里显摆，不会和婆婆或丈母娘一起出来露脸……你笑？你根本就不懂规矩分寸。我现在还为她感到害臊呢，看到那位结婚才四天的新娘子。至少，她，她还有点不好意思。那模样好像是掉了衬裙，或是坐在一张油漆未干的长凳上。而他，那个男的……真是矬。拇指长得像杀人犯，一对小眼珠子嵌在两只大眼眶深处。他属于那一类精于算计、可以把手按在心口胡乱撒谎的人，到了下午他就感到口渴，这是胃有毛病、急性子的征兆。"

"啪！"我父亲鼓起掌来。

过了一会儿，轮到我被她教训了，因为我问她可不可以穿夏天的短袜。

"你什么时候才可以不学咪咪·安托南的样儿，每次当她从外婆家度假回来？咪咪·安托南是巴黎人，你是本地人。夏天不穿长袜、露出她们竹竿一样的细腿，冬天穿吊脚裤、把个可怜的屁股冻得通红，那都是巴黎女娃儿们干的事。巴黎的妈妈倒也会补救，当她们的孩子冻得直哆嗦，就给她们围一圈雪白的小毛皮围巾。天寒地冻时节，她们就再给孩子们加一顶搭配的无边软帽。而且，她们也不是从十一岁就开始穿短袜的。就凭我给你的那小脚踝？那会让你看上去像一个跳绳的杂耍演员，你就差捧一只白铁皮碗了。"

她就是这么说话的，从不需要搜肠刮肚地打腹稿，几样法宝也从不离身，我所谓的法宝是两副眼镜、一把折叠刀，常常是一把衣刷、一把园艺剪刀、一些旧手套，有时是一根藤手杖，叉开三个口子像球拍，我们叫它"拍子"，常被用来拍帘子和家具。只有在外省的节日期间，母亲的这些稀奇古怪的爱好才会稍稍让位给彻底的大扫除、洗衣服、在毛衣和裘皮大衣里放香料。但她并不乐意打扫壁橱的角落，也不喜欢樟脑粉葬礼般的气味，她总是代之以几根剪成水果糖形状的雪茄，加上父亲海泡石烟斗底部的烟垢，还有她关在充满猎物、躲着银白色蛀虫的衣橱里的大蜘蛛。

她灵活好动，但并不是个兢兢业业的主妇；干净、整洁、挑剔，但远远谈不上有成天清点餐巾、糖块和装满酒的瓶子数量的怪癖。手里拿着一件法兰绒衣裳，看着女佣一边慢悠悠地擦拭玻璃一边冲邻居笑，每次她都忍不住要烦躁，叫嚷着闷坏了。

"当我久久地仔细擦拭我的中国陶瓷茶杯的时候"，她说，"我感到自己在慢慢变老……"

她称职地完成任务。随后，她跨过我们家门口的两级台阶，走进花园。一到那儿，她的抑郁、烦躁、幽怨都跌落了。所有花草树木仿佛是一剂解药作用在她身上，她用自己独特的方式托起玫瑰花的下巴，端详它整个的容颜。

"看，这朵三色堇长得多像英国的亨利八世啊，一圈络腮胡子。"她说，"说实在的，我不太喜欢这些黄色、紫色的三色堇那副油滑世故的样子……"

在我出生的那个街区，没有花园的人家数不到二十家。再局促的人家也有一个院子，种或没种、长满了或没长满花花草草。每一所房子后面都藏着一座幽深的"后花园"，和其他后花园也就一墙之隔。这些后花园成了村庄的特色。夏天在那里生活，在那里洗衣服；冬天在那里劈柴，一年四季都在那里干活，而孩子们在棚架下玩耍，爬到卸完草料的高高的车栏上头待着。

和我们家花园挨着的那个园子没什么神秘之处：地面有点斜，高高的老墙，参天大树守护着我们花园的上上下下。小山丘斜坡回响着喧闹人声，各种道听途说从房屋环绕的那片菜园飘到我们这座"休闲的花园"。

在我们家花园里，南边，可以听到米东一边铲地一边打喷嚏，和他的白狗说话，他在7月14日国庆节这天，把狗头染成蓝色，屁股染成红色。北边，阿道尔夫大妈一边唱着一段小圣歌，一边把紫罗兰扎成花束准备献到我们村遭了雷击的教堂的祭坛上，教堂如今已经没了钟楼。东边，公证人响起一阵忧郁的铃声，宣告了一位顾客的到来……人们凭什么老对我说外省人戒心重？好个戒心重！我们的花园可是互相无所不谈的。

哦！我们花园礼尚往来的生活多么可爱！花团锦簇的菜园和家禽饲养处的小树丛，处处殷勤有礼、闲适惬意。有什么厄运会降临到挨着墙根栽种的一排果树、铺了青石板的脊瓦上一溜的青苔和花红似火的景天、公猫和母猫们散步的林荫大道？墙的另一边，放肆的孩子们在街上晃荡着，玩着弹子球，卷起衬裙在小溪里嬉戏；邻居们彼此打量，在每个过路人身后咒骂一句、嘲笑一声、调侃一下，男人们在门槛上吸烟，吐痰……我们的房子门面是铁灰色的，几扇大百叶窗褪了色，大门平时关着，只有在我不成调地叫喊、回应门铃声的一阵狗吠、鸟笼里的翠绿金丝雀啁啾之后才微微开启。

或许邻居也在自家园子里效仿我们家花园的安宁氛围，在我们家花园，孩子们从来不打架，动物和人都柔声细气，三十年来，丈夫和妻子相安无事，谁都没对谁抬高过声调……

那时，有几个冬天很冷，夏天很热。打那以后，我也经历过许多炎热的夏天，但只要我一闭上眼睛，浮现在脑海里的还是一秆秆麦子中间、野欧洲防风伞形花下露出来的龟裂的赭石色土地，青灰色或蓝色的大海。没有哪个夏天，除了我童年时代的夏天，会让我怀念猩红色的老鹳草和洋地黄火红的花萼。没有哪个冬天像以前那样白茫茫的一片，在堆满了瓦片状的浮云下面，预示了一场更大的暴风雪的来临，之后冰雪消融，无数亮晶晶的水滴和尖尖的嫩芽……天空压在积雪皑皑的草料棚的瓦上，压在光秃秃的胡桃树和风向标上，把母猫的耳朵都压得卷起来了……

寂静和笔直落下来的雪变得飘摇起来，远处大海隐隐的鼾
声传到我戴了风雪帽的耳中，而我在花园里迈着大步，扑
着漫天飞舞的雪花……凭着她敏锐的触角，母亲走到露台
上，感觉一下天气，冲着我叫：

"西边起风暴了！快跑！关上阁楼的小圆窗！……车
库的门！还有里屋的窗户！"

于是我像出生在船上的小水手，兴奋不已，一头冲
过去，木屐啪嗒啪嗒直响，着了迷，不知道在白色和黛青
色的乱云深处呼啸前来的一道耀眼的闪电、一声短促的闷
雷，西风和二月的儿女们，能否填平苍穹裂开的一道天
堑……我不禁浑身颤抖，以为世界末日降临了。

然而在这惊天动地的轰隆声中，我母亲眼睛盯在一个
大大的嵌铜边的放大镜上，赞叹着、数着她刚从涌到我们
花园的西风手中采集到的一捧雪……

哦，天竺葵，哦，洋地黄……后者蔓延成一片矮林，
前者沿着露台像一排亮着的舞台脚灯，正是你们的映衬让
我孩子的脸颊有了天生红光。因为"茜多"喜欢花园里大
红、粉红色玫瑰、剪秋罗、绣球花和蜀葵的艳丽花枝，甚
至还有酸浆花，尽管她责怪它粉色花苞上布满了殷红色的
叶脉，让她联想到新鲜小牛肺……她违心地和东风约定：
"我和他协商协商。"她说。但她依然满心狐疑，时刻警
惕着四面八方，警惕着这个冰冷的、背信弃义的、杀机四
伏的老天。她把铃兰花的鳞茎、几株秋海棠和紫色番红
花，这些耐得住冬尽春寒的守夜者托付给了它。

除了一块凸起的土墩，除了银杏树——我常把它长得

像鳕鱼的叶子送给学校里的同学，他们把这些叶子夹在地图册里阴干——底下一簇夹竹桃花丛，整个花园都沐浴在一片金黄色的阳光下，摇曳着红色和紫色的光芒，但我说不出这红光和紫光是源于幸福的温情抑或是一时的炫目眼花。被黄色炽热的沙砾蒸着的夏天，透过我灯芯草编织的大草帽的骄阳似火的夏天，几乎没有黑夜的夏天……因为我小时候就已经很喜欢黎明了，母亲也把它当作奖励许给了我。我让她凌晨三点半把我唤醒，每只手腕上挎着一只空篮子，朝隐匿在小溪狭窄河湾里的菜地、朝草莓、黑茶藨子和毛毛须须的醋栗走去。

凌晨三点半，一切尚沉睡在一片原始、潮湿、混沌的蓝色之中，当我走下沙地小径，浓重的雾气先是打湿了我的腿，然后是我结实的小身躯，漫到我的嘴唇、耳朵还有比身上任何部位都敏感的鼻孔里……我独自走着，这片淳朴少思的土地没有危险。就是在这条小路上，在这个时候，我意识到了自身的价值，意识到不可言说的优雅，感觉到自己和迎面扑来的第一阵风、第一只鸟儿、出世时变了形依然还是椭圆形的太阳息息相通……

每次，我母亲在叫我一声"小美人""纯金宝贝"之后就让我走了；她凝望着她的作品——"杰作"，她这样说——在斜坡上跑远了，越来越小。我过去或许是漂亮的，但我母亲和儿时的一些肖像并不总是同意这种说法……我漂亮是因为我当时年幼，因为日出，因为被花木的翠绿映深了的蓝色眼睛，直到回来才梳顺溜的金发，还因为比其他还在熟睡的孩子早起的优越感。

当第一场弥撒钟声敲响的时候，我动身回家。但那都是在外头吃爽了、在树林里像一只独自狩猎的猎狗逛完一大圈、品尝过我所景仰的两股暗泉之后。一股泉水涌出地表，喷出晶莹的水花，像呜咽一样，在沙地上冲出自己的河床。它才诞生就气馁了，马上又钻到地底下去了。另一股泉水，几乎看不出来，脉脉地蹭着青草像一条蛇，在一片草地中央蔓延开来，只有草地上开圆圆花儿的水仙见证了它的存在。第一股泉水有橡树叶子的味道，第二股泉水有铁和风信子茎的味道……一说起它们，我就希望当一切终结，我的口中满是它们的芳香，让我能含着想象中的清泉离开人世……

在四个方位之间，对这四方的神灵，我母亲都是直接召唤他们，和他们辩驳，这就像是沙龙儒雅所谓的受到神灵启示的简短的内心独白，而这些殷勤的问询通常都是和花草有关的；——在塞伯和葡萄园街之间，在阿道尔夫大妈和德弗罗尔先生之间，在东北、东南、西北、西南四点连成的不那么精确距离也不那么近的区域间，他们通过一些喑哑的声音及信号与我们取得联系。我的想象，我的孩子气的骄傲总是把我们家的房子摆在一个由许多花园、风、阳光组成的巨大罗盘的中心，而没有那个角落可以逃脱我母亲的影响。

尽管我的自由每时每刻都取决于我可以轻轻巧巧跨过的一道栅栏、一堵墙、一个"斜屋顶"——每次当我回来落在花园砾石地上的时候，幻想和信念又回到了我身上。因为在问过我"你到哪儿去了？……"之后，习惯地皱皱眉头，我母亲旋即又心安了，一副在花园里容光焕发的样子，比她在屋子里愁眉苦脸的样子要好看多了。出于母亲的交代和关照，围墙变高了，新土代替了我过去可以轻松一跃而过的一道道矮墙，一根根枝丫，我看着家里稀奇古怪的事情：

"我听到的是您吗，塞伯？"我母亲叫道，"您见过我的母猫没有？"

她把宽檐的红棕色大草帽往后一推，草帽掉到背上，由一根栗色塔夫绸的带子拴着挂在脖子上，她仰起头，朝天空露出她灰色无所畏惧的目光，她秋天苹果颜色的脸庞。是不是她的声音震落了风向标上的鸟儿、滑翔的蜂鹰、胡桃树上最后一片叶子，或者是黎明时分刚刚吞进一只只猫头鹰的圆窗？……哦，真让人吃惊，哦，但又是确信无疑的……从左边的一片云里传出一个感冒了的预言家的声音，憋出一句："没有，科……莱……特……夫人！"那声音似乎艰难地穿过一蓬胡须、一团雾气、在冒着寒烟的池塘水面上滑过来的。或者是：

"见……过……科……莱……特……夫人"，右边一个尖尖的天使的声音唱道，他多半栖身在一片纺锤形的云端朝新月行去。"它听……到……您的叫声了，它正穿……过……丁……香……"

"谢谢！"我母亲一听，估摸着叫道，"如果是您，塞伯，那就请您把我的短桩和移栽花木用的绳子还给我！我排列生菜的时候要用到。轻轻地扔过来，我就靠在绣球花边上！"

仿佛梦中的馈赠、魔法显灵浮起的果子、巫术的玩具，那根缠着十米长细绳子的木桩从空中飞过来，落在我母亲的脚边……

还有几次，她向那些看不见的、地位低下的精灵许诺献一份新鲜的祭品。恪守礼仪，她仰头询问天意：

"谁要我的红色重瓣紫罗兰？"她喊道。

"我，科……莱……特……夫人！"东边一个幽幽怨怨的女人的声音回答，听不出来是谁。

"接着！"

用一根黄水仙叶子扎起来的小花束飞到空中，被东边那个幽怨的女人满怀谢忱地接住了。

"它们多香啊！说实在的，我怎么就种不出一……样……的花儿呢？"

"那是自然"，我心想，差一点还要补上一句，"那是一个气候问题……"

拂晓时分，有时天还没有亮，我母亲对四个方向，对它们的善行和恶报都特别关注。因为母亲的潜移默化，我每天一早，在被窝里就会问："今天风打哪里来？"她回答我说："天气好得很……王宫广场上遍地麻雀……"不然就是"天气恶劣着呢……""这个季节也就是这样的天气"。现在我要自己寻找答案，观察云的走向，聆听壁炉里潮汐般的酣响，让我的皮肤享受西风的吹拂、潮湿、鲜活、意味深长，就像一个友好的怪兽吹出了两股风向相反的气息。除非是在凛冽的东风面前，可怕的敌人，干冷和北风的表兄弟，我才恨恨地蜷成一团。而我母亲所做的却是忙着给受到复活节后第一个月倒春寒的所有小作物套上圆锥形纸袋："快要结冰了，母猫跳舞了。"她说。

　　她的听觉一直很敏锐，可以向她透露天气的状况，甚至接收到风的预报。

　　"听穆捷那边！"她对我说。

　　她抬起食指，站在绣球花、水泵和玫瑰花丛中。在那里，她从越过最矮的围墙吹过来的风中汇总西边的天气动向。

　　"你听到了？……快把椅子、你的书、你的帽子收起来，穆捷那边下雨了。只消两三分钟，雨就要下到我们这里来了。"

　　我朝穆捷方向伸长了耳朵；从地平线上传来雨珠均匀打在水面上的声响，还有一池雨水淡淡的气息，慵懒地打在绿幽幽的花盆上……我期待着，不多会儿，温柔夏天骤雨的水滴落在我的脸颊上、嘴唇上，验证那位世界上唯独一人——我父亲——叫她"茜多"的女人的预言的确凿可信。

　　那些预报，在她去世后虽然褪了色，依然在我的脑海中游荡。一种是从观察黄道带得来的，另一种纯粹是从植物身上得来的：某些信息和风、月的朔望，地下水息息相关。正因为它们，我母亲觉得巴黎索然无味，因为它们不像在外省户外那样自由、灵验、不容置疑。

　　"如果在巴黎生活"，她跟我坦言道，"我就得有一座美丽的花园。况且！……也不是在巴黎的一座花园里我可以为你采集到胡子拉碴的燕麦粒，并把它们绣在一张硬纸板上，那是多么灵敏的晴雨表啊。"

　　我现在责怪自己把这些简陋的晴雨表都丢光了，一个不剩了，燕麦的两头有和瘦虾一样的长长的胡须，被钉在一张硬纸板上，它的长须就会左右转动，预示气候的干湿。"茜多"剥起洋葱来真是无人媲美，她一边数一边剥着云母片似的洋葱皮：

"一……二……三层！这个洋葱有三层皮！"

她任由眼镜或夹鼻眼镜掉在膝盖上，若有所思地补充道：

"这是严冬的兆头。我要让人用草秸把水泵裹起来。而且，乌龟也已经钻到地里去了。在拉吉耶迈特周围的松鼠们偷了大量的核桃和榛子做储备。松鼠们总是什么都懂。"

要是一家报纸刊登了解冻的消息，我母亲就会耸耸肩，不屑一顾地嘲笑道：

"解冻？巴黎的气象学家能教我什么？看看母猫的爪子吧！"

果真，母猫怕冷，瑟缩着把爪子藏在身下，紧紧地闭着眼皮。

"若是短暂的寒流小冻，"茜多继续说，"母猫就会把身子蜷成包头巾的模样，鼻子贴着尾巴根。如果是严冬大寒，它就会把前爪的脚掌心收起，蜷成小抄手的模样。"

在漆成绿色的木头架子上，她一年到头摆弄着几盆盆花，稀有的天竺葵、矮本月季、雾蒙蒙的白色花瓣上有彩斑的绣线菊、几个毛茸茸的像螃蟹的"多肉植物"、刺人的仙人掌……一个暖和的墙角抵挡着寒风，守护着这个实验园艺馆，几个我只看到沉睡的疏松泥土的红陶土盆。

"别碰！"

"里面可什么都没有长出来呀！"

"你知道什么？这是由着你决定的吗？读读插在花盆里的木头标签上的说明！这儿，是蓝色羽扇豆；那儿，是一个荷兰进口的水仙鳞茎；那儿，是酸浆草的种子；那儿，是木槿的插条——啊，才不呢，这可不是一根枯枝！——还有那边，是香豌豆的种子，它的花儿就像是小兔子的耳朵。还有那儿……还有那儿……"

"那是什么？……"

我母亲把帽子朝后一甩，咬着夹鼻眼镜的链子，天真地对我说：

"真难住我了……我不知道它是我埋在土里的番红花的鳞茎呢还是天蚕蛾的蛹……"

"只要刮开来看看……"

一只手飞快地制止了我的手——是"茜多"的手，原本葱尖般的手指、圆润而饱满的指甲被家务活、园艺活、冰冷的水和阳光磨损了，晒黑了，皴粗了，刻了皱纹……

"无论如何也碰不得！要是里面是蛹，一接触到空气它就会死；如果是番红花，光线会让它白色的嫩芽憔悴枯萎——那一切又都得从头再来！你听明白我说的话了？你不会去碰它了吧？"

"不会的，妈妈……"

这时候，她被诚实、人人都有的好奇心照亮的脸庞消隐在另一张略显苍老、宽容和温柔的脸庞后面。她知道我也一定抵挡不住想弄个明白的欲望，学她的样，我也会去翻翻，直到挖掘出花盆土里的秘密所在。她知道有其母必有其女，而我却没有意识到我们的相似，孩提时代，我就已经在寻找这种冲击，这种加速的心跳，这份呼吸的停顿：寻宝者孤独地沉醉。一个宝藏，不仅仅是泥土、岩石或浪涛掩埋的。黄金和宝石的梦想不过是未成形的海市蜃楼罢了：唯一重要的是我把在我之前世人的眼睛尚未触及的东西挖掘、暴露出来……

于是，我去实验花园偷偷摸摸地刨土挖坑，撞上正在冒芽的鳞茎子叶，春天的勃勃生机催促它破壳而出。我阻挠了那个粗暴的黑褐色的蛹盲目的命运，把它从暂时的休眠一下子推到了最终的虚无之境。

"你不明白……你不会明白。你只是个八岁……十岁……的小杀手，你还一点都不明白那些想要活着的生命……"

对于我的过错，除此以外我就没有受过其他惩罚。但这样的惩罚对我来说已经够严厉的了……

"茜多"讨厌拿花去做祭奠之用。她喜欢送花给别人，但有几次我看到她拒绝人们觊觎她的花去装扮灵柩或坟墓。她板着脸，紧锁眉头，用一副报复的口吻回答说"不行"。

"可那是为了可怜的昂菲尔先生啊，他昨天夜里过世了！可怜的昂菲尔夫人真让人心里替她难过，她说自己希望看到丈夫在鲜花覆盖下离开人世，这对她也算是个安慰吧！您有那么美丽的苔玫瑰，科莱特夫人……"

"我的苔玫瑰！太可怕了！放在一个死人身上！"

惊叫过后，她回过神，又说：

"不行。谁也不能让我的玫瑰和昂菲尔先生一道死去。"

可是，有一天，在我们家花园，当东边一个邻居少妇自豪地把她的宝宝抱给我母亲看的时候，她却心甘情愿为了这个很小的、还不会说话的婴儿牺牲了一朵非常美丽的花。我母亲责怪她把宝宝的襁褓裹得太紧，解开了三角帽和那块毫无用处的羊毛绒布，把这个确实比其他同龄的婴儿漂亮很多的宝宝铜环似的卷发、脸颊、严肃而大大的黑眼睛瞧了个够。她给了他一朵像美人玉腿白里透红的玫瑰花，孩子一把抓过来；他把花儿送到嘴巴里吮着，然后用他有力的小手蹂躏着花朵，把和他的嘴唇一样红润饱满的花瓣扯下来。

"住手，小坏蛋！"年轻妈妈说。

但我母亲居然用眼神和话语赞许对玫瑰花儿的摧残，我沉默不语，嫉妒……

同样，她也常常拒绝把重瓣天竺葵、石蜡红、半边莲、矮本月季和绣线菊借给别人摆在圣体瞻礼节的临时祭坛上，因为她同天主教的氛围和奢华格格不入——尽管她是在教堂受的洗，在教堂结的婚。我十一二岁的时候曾得到母亲的允许听过教理的讲授课，学唱过圣体降福仪式上的赞歌。

五月一日，我和教理课上的同学们一样，把丁香花、春白菊和玫瑰花平放在圣母祭坛上，然后我很自豪地秀一束"沐浴过上帝恩泽的花枝"。母亲看着我把金龟子都带到客厅里，一直引到她的台灯底下的花束，带着对神明大不敬地嘲讽笑道：

"你以为它们之前就没沐浴过上帝的恩泽？"

我不知道母亲对所有信仰的疏远是从何而来的。我本该探究个明白的。我的那些传记作家，我没怎么给他们提供信息，一会儿把我母亲描绘成一个粗野的农妇，一会儿把她描绘成"满脑子幻想的吉普赛女郎"。他们当中的一个，让我大吃一惊，他甚至指责我母亲曾经为年轻人写过文学小品！

事实上，这位法国女人在约讷①度过了她的童年，在比利时躲过了她的少年，生活在一群画家、记者、音乐演奏高手之间，因为她的两个兄长先在那儿定居下来。后来她回到约讷，结过两次婚。她乡野的敏锐、外省的格调品味又是从何处、从何人那里熏陶而来？我说不上来。我歌颂她，尽自己所能。我赞美她天生的仁慈，这一美德在她身上常常会消解、熄灭在那些被她称为"凡夫俗子"的接触中擦出了不愉快的火花。我曾经看见她在一棵樱桃树上挂了个稻草人来吓唬乌鸦，因为我们生性温和的西邻哪怕感冒了、喷嚏连天，也不会忘记把他的樱桃树装扮成一个老流浪汉的模样、给他的醋栗戴上毛茸茸的黑礼帽。没过几天，我看到我母亲站在树下，一动不动，凝神仰望天空，便把人间的宗教摒弃了……

"嘘！……你看……"

一只黑色的乌鸦，透着绿色和紫色的光泽，正在啄食樱桃，吮吸着汁水，把粉嘟嘟的果肉都啄烂了……

"它多俊俏啊！……"我母亲轻声赞叹道，"你看它用爪子的架势了？你瞧它头部的动作和那副倨傲的神

---

① 法国巴黎东南的一个省份。

气？还有鸟喙淘空果核那灵巧的一啄？你瞧它专挑最成熟的吃……"

"可是，妈妈，稻草人……"

"嘘！……稻草人才不会碍它的事儿呢……"

"可是妈妈，樱桃！……"

我母亲这才把她那双秋水般的目光收回到地上：

"樱桃？……啊，是啊，樱桃……"

在她眼中掠过一丝嘲讽的迷狂，一丝傲世的不屑，一丝舞动的桀骜，轻轻巧巧地把我和周围的一切收在眼底……那只持续了一瞬间，——不是唯一的瞬间。现在我对她更加了解了，我可以阐释她脸上的荣光。我感到点燃它们的，是一种要超脱万物和众人，朝天空、朝只有她、只为她而镌写的法则升华的需求。要是我理解错了，那就将错就错吧。

在樱桃树下，她又一次回到我们中间，那一刹那被遗忘了的烦恼、爱情、孩子和丈夫又萦满她的心间，在她平凡的生活中又变得那么善良、圆融、谦卑：

"那倒是真的，樱桃……"

乌鸫吃饱了，飞走了，稻草人在风中摇着它那顶空空如也的黑礼帽。

"茜多"那么敏感善妒，而我又总是懵里懵懂，随着我渐渐长大，这渐渐冷却了两个女人之间的友谊。

"我见过，"她对我说，"你听我说，我见过七月飞雪。"

"七月！"

"是的。一个和今天一样的日子。"

"和今天一样……"

我重复她每句话的最后几个词语。我的嗓音已经变得比她的深沉，但我模仿她的腔调。我现在还在模仿她。

"是的。和今天一样的日子。"母亲一边说一边吹着她刚从哈瓦那母狗身上梳下来的一团银色的毛絮。那雪花般的毛絮，比玻璃丝还细，柔柔地顺着一道上升的小气流飘起，直升到屋顶，消逝在耀眼的阳光中……

"那天天气很好，"母亲接着说，"晴朗宜人。忽然卷起一阵风，裹挟着暴风雨的尾巴，自然是把这个气旋锁定在东边；先下起了很冷的冰雹，之后落下来又厚又重的鹅毛大雪……玫瑰花积满了雪，成熟的樱桃、西红柿都埋在雪下……红色的天竺葵一时还来不及冷透，把盖在身上的雪都融化了……那都是它搞的花样……"

她用胳膊肘指了指，又朝她的对头——东方神明高高在上的宝座、世人看不见的法网天庭努了努下巴，于是我透过明媚夏天炎热、摇摇欲坠的白云寻找那个东方的神明……

"但我还清楚地看见了别的东西！"我母亲又说。

"别的东西？……"

或许有一天她碰到过东方神明本人，——在前往贝莱尔或图里①的路上？或许他发紫的大脚一踩，眼眸子里冻住的无边的池沼就会飞溅出漫天云彩，像母亲跟我描绘的那样？……

"我当时怀着你哥哥雷奥，常常让牡马拖着四轮马车出去溜达。"

"就是现在的这匹牡马？"

"当然，就是同一匹牡马。你才十岁。你以为换匹马儿就像换件衬衫那么容易吗？我们的这匹牡马当年非常俊俏，稍嫌年轻，有时我让安托万牵着它走。但我会坐在四轮马车上好让它安心。"

记得当时我本想问她"好让谁安心？"但我憋住了没问，嫉妒地在心里守着这份迷信和模棱两可的不确定：为什么母亲坐上马车是让马而不是让车子安心呢？

"……你知道，当它听到我的声音，它就感到安心了……"

一定安心极了，蓝布车篷，全敞开来，两侧是两盏镶着三叶草铜饰的华灯……一副心安理得的四轮马车派头……妙不可言！

"天哪，瞧你这会儿一脸的傻样，我的女儿！……你在听我说话吗？"

---

① 贝莱尔和图里是科莱特家乡圣索弗尔附近的村镇。

"是的，妈妈……"

"那时候，我们已经兜了一大圈了，天气又那么热！我当时肚子很大，我感到自己累赘不堪。于是我们走回来，我剪了几枝开着花的染料木，我记得……我们到了公墓跟前，——不，这可不是什么鬼魂显灵的故事，——这时，一片云，一片真正的南方的云，红棕色，四周镶了一道水银滚边，飞速地升到空中，一声响雷，像一只漏底的水桶一样下起瓢泼大雨！安托万下车想把车篷支起来好让我避一避。我对他说：'不要，现在最要紧的是牵好牡马的笼头：要是下起冰雹，它会趁你支车篷的当儿溜缰的。'他牵牢在原地踢踏的牡马，我跟它说话，你要知道，就当它没在下雨、没在打雷，在好天气出来溜达时我所使用的平和语调和它说话。瓢泼大雨全落在我不幸的小绸伞上……等那片云飘过，我简直就像是坐在浴缸里，安托万浑身湿透了，车篷也积满了水，热乎乎的水，有十八或二十度。当安托万正准备把车篷里的水倒空，我们在里面发现了啥？一堆小青蛙，活蹦乱跳的，至少有三十只，都是由南方神明一时兴起，用一股热龙卷风带来的，一股陆龙卷风的脚就像陀螺一样席卷来百里外的沙子、谷子、昆虫……我亲眼看见的，我，是的！"

她手里扬着用来给哈瓦那狗、安哥拉猫梳毛的铁梳子。她一点也不惊讶这些神奇的气候突变在路上等着她，和她厮磨一番。

你很容易相信："茜多"一声召唤，南风就从我心灵的眼睛面前刮起，旋转着它陀螺似的脚步，卷起谷子、沙子、死蝴蝶，从利比亚的沙漠拔根而起……它乱蓬蓬看着不清爽的脑袋摇来晃去，抖落裹挟着青蛙的温热的雨水……这情景到如今依然历历在目。

"可是，你今天的样子可真傻，我的女儿！……不过你这副傻样倒是比平时漂亮许多。可惜这难得发生在你身上。你和我一样，已经会犯感情过于外露的毛病了。当我丢了个顶针，我就跟失去了一位挚爱的亲人一样……当你犯傻的时候，你的眼睛睁得更大，嘴巴微微张着，你变得更稚气了……你在想什么？"

"没想什么，妈妈……"

"我才不信你呢，但你装得还真像。真的很像，我的女儿。你真是温温吞吞平淡无味得出了奇了！"

我颤抖着，在母亲尖刻的赞美、犀利的目光、高挑而确切的嗓音面前羞红了脸。她只有在强调她的批评或指摘的时候才会叫我"我的女儿"……但她的话锋和目光很快就变柔了：

"哦，我的宝贝疙瘩！这不是真的，你不傻也不漂亮，你只是我无与伦比的小姑娘……你要去哪儿？"

和所有的凡夫俗子一样，宽恕给了我翅膀，着着实实让母亲亲过后，我浑身轻盈，已经准备好飞走了。

"这个点了你别跑太远！太阳要下山了，再过……"

她不看表，而是看太阳在地平线上的高度，还有烟草或曼陀罗的花，这两种花整个白天恹恹欲睡，一到晚上便苏醒过来。

"……再过半小时，白色的烟草花已经开始散发芬芳……你愿意带些乌头、耧斗草和风铃草到阿德里安娜·圣奥班家去吗？顺便把《两世界杂志》还给她？……换条丝带，扎那根淡蓝色的……今晚淡蓝色最配你的肤色了。"

换条丝带——直到二十二岁，人们看到我的头上总是扎着宽宽的丝带，头顶上打个蝴蝶结，"就像维吉–勒布朗夫人一样"，我母亲这样说——捎个花信，这样一来，母亲就告诉我这一天，这个时辰，我特别漂亮，她都要把我当成她的骄傲了。蝴蝶结绽放在我的额头，几绺头发耷拉在两鬓，我拿起"茜多"一枝枝剪下来的花朵。

"现在去吧！把这些重瓣耧斗草给安德里安娜·圣奥班夫人送去。剩下的你爱送哪个邻居就送哪个邻居。东边有人病了，是阿道尔夫大妈……如果你去她家……"

她还没来得及把话说完，我就猛地退后一步，像牲口一样打了个响鼻，仿佛看到了病人的模样，闻到了病人的气味……母亲抓住我的一根辫子，突然脸色变得粗野，没了克制、没了仁慈和人道的痕迹，和平时的面孔截然不同。她低声说：

"住嘴！……我知道……我也是……但不能说。永远都不要说！去吧……现在就去。昨天夜里你又在额头贴卷发纸了，嗯？小捣蛋？到底……"

她松开我的发梢，退远些好更仔细地打量我：

"去给他们看看我多会帮你打扮！"

但是，尽管她交代过我，我还是没有去东边的病人家。我像跳石头涉水一样过了街，从一块尖石头跳到另一块尖石头上，一直跳到我母亲最特别的女友"阿德里安娜"家才停下来。

她给她自己的孩子和侄子们留下的记忆还不如她给我留下的记忆深刻。她活跃、机警、一副恹恹欲睡的模

样，卷曲的头发下面是一只茨冈人黄色的美丽眼睛，她晃
荡来晃荡去带着一点乡野的抒情味儿，一种游牧民族成天
漂泊不定的神气。她的房子和她一样杂乱无章，却也像她
一样流露出不拘繁文缛节的优雅洒脱。为了逃避潮湿忧郁
的阴暗和茂盛的浓荫，她家院子里的玫瑰和紫藤爬上了紫
杉树，凭着一股子攀高的意志和努力赢得了阳光的沐浴，
而它们拉长了的主干就沦落为一副爬行动物光溜溜的模
样……一千朵玫瑰，栖身树顶，在谁也够不着的地方盛
开，筋疲力尽的铁线莲的劲敌，在一串串紫藤花和绛红色
的凌霄花中间竞相争艳……

正午时分，阿德里安娜家的房屋被这片浓荫捂着，
闷热得让人透不过气来。可以确定的是在她家能找到摊在
地上一堆堆的书，一些清晨采回来的蘑菇、野草莓、菊化
石，碰到当季，还有比伊寨①的灰色块菰，我像猫一样溜
进她的房子。但我是一只犹豫的猫，在另一只更地道的猫
面前束手束脚。阿德里安娜的在场，她的漠然，她黄色的
眸子里闪烁的深藏不露的秘密，我有些忧郁无措地忍受着
这一切，或许这就是陪伴在她身边的代价。对我的忽略让
她平添了一份野趣，她的吉普赛人的飘忽、无动于衷的神
气刺伤了我，就像苛刻的严厉一样让我受不了。

当初，我母亲和阿德里安娜一道给自己的孩子喂奶
的时候，前者喂的是个女儿，后者是个儿子，有一天，闹
着玩儿，她们换了孩子喂奶。有时候，阿德里安娜笑着叫

---

① 科莱特的家乡地名。

住我："你啊，你还吃过我的奶呢！……"我立马绯红了脸，而我母亲蹙着眉头，想在我脸上找出我脸红的原因。怎样才能逃脱这双如此敏锐的灰色眼睛，锋利而咄咄逼人的目光呢？那个画面纠缠着我：阿德里安娜褐色的乳房、紫色发硬的乳头……

我沉浸在阿德里安娜家一摞摞堆得摇摇欲坠的书——全套《两世界杂志》，还有别的——，在一个散发着地窖气味的老书橱里有无数册医学书籍、硕大的贝壳、半干的药草、发酸的猫食、一条名叫"小山鹑"的狗和一只名叫"科莱特"的专吃生巧克力的白脸黑公猫之间，常常忘了时间；当一声叫唤越过缠绕着玫瑰的紫杉和受到一株紫藤侵袭的纤细的侧柏传来，我浑身一颤……在我自己家里，突然开了一扇窗，母亲大喊我的名字，就跟喊救火和抓小偷一样……我体会到孩子那种无辜而奇怪的负疚感：我赶紧跑回去，装出一副天真的、气喘吁吁的莽撞样子……

"怎么在阿德里安娜家待那么久？"

再没有多说一个字，但那语气！"茜多"那么敏感善妒，而我又总是懵里懵懂，随着我渐渐长大，这渐渐冷却了两个女人之间的友谊。她们从未曾有过争执，母亲和我也从来没有过任何解释。又有什么好解释的呢？阿德里安娜小心避免引起我的关注或留我在她家逗留。其实并不总是要用爱来赢取一个人的欢心的。当时我十岁、十一岁的光景……

过了好些年我才把这段有些尴尬的回忆和一种内心的暖流，对这个人和她的住处童话般的变形，以及最初的诱惑的念头维系在一起。

"茜多"和我的童年，彼此都是幸福的，在一个想象的八角星中央，每一角都有一个方位的名称。我十二岁那年不幸降临了，别离，天各一方。疲于日常琐碎和默默地牺牲，我母亲已经不那么专注于她的花园、她最小的那个孩子了……

我原本很愿意在这几页文字中放一张照片。但我需要一位站在花园里的"茜多"的照片，在水泵、绣球花、枝叶低垂的白蜡树和老胡桃树中间。当我不得不同时离开幸福和我的童年，我把她留在那里。就在那儿，1928年春某个稍纵即逝的瞬间，我又看到了她。抬着头，仿佛受到启示，我相信就是在同一个地方她接收纷纷扰扰的传言、气流和种种预报，它们通过巨大的风向罗盘，从八方道路上，忠心耿耿地朝她奔来。

由英国女演员凯拉·奈特莉饰演的科莱特

被花的闪电击中

黄 荭

法语里偏爱某个人或某样东西（avoir un faible pour qn. ou qch.）直译过来是"对她/他/它有一个弱点"。喜欢谁，谁就成了你心底的柔软，你不堪一击的脆弱。换言之，你被击中了，幸与不幸的闪电——法国人把一见钟情说成是一记闪电（un coup de foudre），或许爱情的确是"致命的一击"——人终究都逃不过宿命，爱情或者其他。

才把法文版的《花事》捧在手里，我就看到了自己的弱点。

击中我的不是科莱特的传奇种种，写《花事》（1947）的时候她已经老了，关节炎开始慢慢折磨这只自由乖戾的"老猫"。更多的时候，她蜷在椅子上，蓬着头发，猞猁般的眼睛和嘴角若有若无的嘲讽，一不留神扫射过来，是任由光阴错转也遮掩不住的锋芒，怀疑又不容置疑。

1873年1月28日，茜多妮-加布里埃尔·科莱特出生在法国外省勃艮第的一个小山村，20岁那年，她嫁给作家亨利·戈蒂埃·维拉尔（笔名维里），随丈夫来到巴黎。年轻而无聊的日子，她开始和文字捉起迷藏，在练习本上描绘童年琐事和自己旧时身影。丈夫很快意识到了妻子的写作天赋，他为自己是这一"富矿"的主人而喜不自胜。

1900年，《克洛蒂娜在学校》出版，署名"维里"。被丈夫冒名、剽窃、侵吞所有著作权，科莱特形同被工头逼迫的矿工，在记忆和想象中没日没夜地挖掘，开启家庭写作坊的"魔鬼节奏"。《克洛蒂娜》系列作品长期署着维里的名字，科莱特自己也帮着隐瞒，全巴黎都心知肚明，但她就是闭口不谈。1906年夫妻分居，1907年维里卖掉了《克洛蒂娜》系列四本作品的全部版权。走出控制的道路是漫长而艰难的，缄默和忍耐不是因为"激情退却"，而是因为"人必生活着"的危机感和焦虑。离婚在20世纪初还属于有损名誉、离经叛道的想法，科莱特不仅想了，还确确实实地离了，而且是两次。

当弦绷得太紧，断是痛，也是解脱。"我想做什么就做什么。我要演哑剧，甚至喜剧。要是内衣妨碍我的动作，显不出我的身段，我可以光着身子跳舞……我要钟爱那个爱我的人，把我在世上拥有的一切都给他：我不容分享的身体，我温柔的心，我的自由！我要……我要！……"聆听自我，欲望成了自由的先声，当女性成为欲求积极的主体而不是欲求消极的客体，性自由就成了无拘无束、毫无禁忌的本色写作的另一种表达方式。巴黎、红磨坊、两次世界大战间歇的疯狂和迷醉，"流浪女伶"和"歌舞场的内幕"。管风琴尖锐的伴奏声中，科莱特在红磨坊的舞台上跟米茜（德·莫尔尼侯爵夫人）情意绵绵的热吻，肆无忌惮的暴露和出位，惊动了警察前来封门禁演。

情人，无数的情人，男的，女的，尤其是年轻的。甚至是前夫年仅十六岁的儿子，是她对他进行了情感教育和性启蒙。科莱特说"我不在乎！"

她不在乎蜚短流长，她只在乎有足够的经济来源可以保障她想要的生活。她很快就成为法亚尔出版社根据销售量抽取最高版税率的作家。当出版社说安德烈·纪德要求的稿费只是她的四分之一时，她针尖麦芒地反驳道："这是安德烈·纪德不对。名作家尚且如此，别人还能指望拿多少，不是明摆着要饿肚子了吗？"科莱特选择不要饿肚子，她要享受，享受存在的华美，甚或荒唐。

我总觉得叛逆是科莱特坚守的一个姿态，一如她的写作风格，带着对大自然、对人性异教徒式的清醒和沉醉。西蒙娜·波伏瓦在《第二性》中说："我们羡慕科莱特的自发性，这种自发性不会在任何男作家身上碰到；但我们所关心的是她那深思熟虑的自发性——虽然这两个词放在一起似乎是矛盾的。她保留了她的某些素材，总是有意地放弃了其他的素材。"简言之，她保留了小素材，放弃了大素材，这虽然常常是女性写作的共性（有人或许更习惯说是通病），但在科莱特笔下，最先锋、最具现代意识的写作就是对个人体验的书写，这也和我们当下生活的时代完全合拍："自我欣赏，对公众事务缺乏兴趣，在提倡性感与情感的社会里追求绝对幸福……"

1945年，科莱特当选龚古尔文学奖的评委，成为法国文学史上第一位享有如此殊荣的女作家。有评论说她的写作"自始至终，无一败笔、无一赘语、无一俗套"，称她为"二十世纪最伟大的散文作家"。1953年，科莱特八十大寿，各种荣誉纷至沓来：《文学费加罗》出了科莱特专号，巴黎市授予她金质奖章，法国政府授予她荣誉勋位……1954年科莱特与世长辞，教会拒绝为她举行宗教葬礼，因为她离过婚，在"红磨坊"当过歌舞演员，生活放荡不羁。但法国政府为她举行了国葬，皇宫的庭院里堆满了鲜花……

不是的，击中我的不是这些。

是细节。清晨，铁线莲叶上盛的一滴凝露；正午，栀子花开前幽香未展的那抹淡绿；傍晚，缟裳夜蛾张开灰色的翅膀，舒展开它黑色或蓝月色、覆盆子红缲边的由浅入深的夜宴裙裾……

是朴素的日子翩跹的诗意，忽然萌生出芭蕾舞迎风展翅式的憧憬。

想象，自己是一株苲草，驻足在时间的河里，我也曾说起……

2007年6月8日，陶园

一枝淡贮书

窗下，人与

花心各自香。

曾经花语……

黄 菂

1989 年 10 月 5 日，星期四

木槿花开了，黄的，白的，黄的浓郁，白的清雅。我一直爱花，手痒痒的，但学校的花不许攀折，我虽胆大任性，却也不想被好事者打了小报告，惹些无谓的麻烦。

但毕竟心活动了便再难安分，我还是偷偷折了一枝藏在铅笔盒里，也都怪朱淑贞一句"一枝淡贮书窗下，人与花心各自香"。

殊不知，我摘了那花，回头就后悔了，诗的意境是不可强求的，而终于还是有人打了小报告，我又被班主任留在办公室想我"到底错在哪里"！！！

1989 年 10 月 26 日，星期四

傍晚，下雨了，好久未听雨声、雷声了。湿湿的，润润的，干干净净的。风无忌地打着窗，撩起一角帘子。

不知觉外面的雨住了，四下里静悄悄的，只有水龙头"滴答，滴答"漏着。人也仿佛变柔和了，不想说话，不想动。大自然就在四周，空气、树木、花卉，还有蟋蟀的家常。叫得久了，乏了，叶尖就滴下一颗水珠。

"春去，尚来否？"那一朵月季，红了一个夏天，如

今萎在枝头，残的叶卷起一个快要结束的梦，受了凉。泡一杯淡的茶，洒一瓣洁白的玉丁香。梦氤氲的水汽和幽香蒙住了眼，蒙住了心，什么书也看不进去，只能就这样坐着，和时间对峙。

1990 年 7 月 21 日，星期六

下午了，打开阳台的门，很高兴看到大朵大朵娴静的白云。好久没有看见了。我的太阳花似乎又开过了头，萎成一个小小的花骨朵形状。它那么努力地绽放，又萎去，除了我，除了风，没有人会留意它小小的生命历程。但我所珍视的，感动的，恰恰是这一种无悔的、寂寞的盛开。

1990 年 9 月 3 日，星期一，微雨

入秋了，始觉出一点点冰凉若结的愁郁来。裸露的冰冷柔软的足已耐不住这份欺凌，只一味地蜷着。田野却仍是一色的青翠，仿佛是入春的一份喜悦，那么一丁点的薄霜都被这倔强的生命消融了。我不由对着这旷然深远的天地一抿，一点微悦的心情，绕指犹柔，绕着一夜的清寒，蟋蟀寂寂的鸣叫扯得极细极长。仿佛这笑里掺了一点点的悲哀，我们从来就没有理由去拒绝悲剧，我们无须那一种自欺，我们应该到了接受悲剧的年龄。

而真真是入秋了，那一点点不胜凉楚、未能释怀的旧日心情又萦满起来，一下子蓬发了出来。但终因了这种种难耐的凄凉，我才想笑一笑，哪怕是极浅的笑容，极不自然，末了处，须有放手的断然的冷淡。

1990 年 9 月 7 日，星期五

（白菊）

承露太多，乃至在阴霾的黄昏褪洗得极淡极淡。

惘惘的目语，留在那一瞥的小小的萼上，如此专注的神气。横竖无法了却一段的关切，也只幻化在云霞雾霭里。一小方阳光，一丁点生气的蜗牛，一线儿细细的风里，我的心愿，我的惘人惘己的微笑，我的淡淡的触不着的哀愁和喜悦，化作一点点雨，滴在芭蕉，滴在梧桐，滴在纤纤草尖上。

自然收容了我一个个包裹好的心事，等着一个知我的人拾来参悟，我的稚气，我的倔强的神气，我的至今都未尝企及的谜，泄露谜底，成为———一个云游的苦士，踏云踏浪而行。

不能不因为秋雨，不能不因为冬风。

能与不能之间，我的微笑会在最后一次矜持中凝固，冻成一个惘人的谢意，而后转身，离去！

1990 年 9 月 23 日，星期天

（蒲公英）

我的心得不到安宁，它在黑黢黢的森林里奔跑，作为一颗蒲公英的种子，恐惧、疲惫又孤独。

"妈妈"是一个切近又陌生的概念，有天鹅绒般柔和的目光，淡而坚定；有新月般消瘦的臂膀，长而潮湿。顽皮的心不希冀最纤微的羁绊，挣脱血脉的牵挂，我飞了。

"妈妈"颤抖了一下，因为有根的身躯不能行走，母亲的手臂倾向孩子离去的方向，成为定势。

漂泊了一个季节，我倾其一生去寻找心中的乐土，却最后累倒在黑色的土地上大声地哭泣。泪水湿润了纤足，我发芽了。心，突然平静了。如"妈妈"当年，开出小小的花。我一遍遍复述我的故事。花儿微笑，却不回答，我分明看见它眼中浮起的正是我年少时梦中的乐土，白而光明，遥不可及。

1991年10月19日，星期六

采撷了一个季节的花，我以为连同它的美丽和那抹淡淡的芳香一起夹进了书本。一个故事就此封存，等待下一个花季的开启。

我恪守诺言，犹如和神保持那份望而不及的距离。时间终于跋涉过千山万水，风尘仆仆地回到了故居，驻足在旧年的冷潭边小憩。起风了，原野清新的气息扑鼻而至。书页迎风而起，簌簌有声，结局准时显现：

没有颜色，没有生命，只有褐色无端的哀愁。

春光，春光，在窗外……

1993年8月7日，星期天

在七月中，看得入味的，人凡指的花木便是莲与荷了。而我心中怀惦的是翠溪里的水菱花，开得很疏，小蔟小蔟的，冷紫色，素素地抿着嘴儿。叶子密密地挤着、挨着，绿绿地铺了一席，小写意地皱缬着。我拣些无名的日子，坐在岸边，任无名的感触如秋藤爬上额角，爬到"若蹙"的当儿，轻地一展，它就从眉头滑下来，有的落在心里，有的落在菱花翠溪里。

菱花的香是淡淡的，不易捕捉，只能自自然然地去品。风起了，花香避而不避地逸来，菱花儿摆摆地曳呀曳，有我听不懂的（却叫人感动的）天籁。你驻足水中，文文静静的，你只是你自己，一份负土居女的神气，傲吗？

菱花是别致的，而这许多吟风颂雅的诗词里却难得有人贮一洼子水蓄你，你的来去只是循了天时，从不刻意，你也有着清新的孤独吗？你落寞，却也没有就此甩手而去，你将你一生的甘美摆在集市角落的农家篮子里，由一个十四五岁、穿花布衣裳的女娃吆着去卖。我记得你花开时的样子，你的小菱角儿尚认得我否？

你的礼物是有棱有角的，你孕育它时必伤着自己稚嫩的心吧？你改不了你的神气——淑而野，柔而硬。你将真心裹在铠甲里，净而纯，淡而香。我总觉得你应该是个很特别的女子，不突出，却极自爱；不高贵，却颇任性；不殷实，却从不吝惜。你必定有一个曲折凄美的故事，你却沉默，不言不语。

2000 年 7 月 14 日，星期五

拐过一条小路就到了田野，很久没看见如此生机盎然的田野了。空气中有泥土、青草、牛粪的味道，混在一起算不上清新，是一份遥远的熟稔，记忆中的农家和田地。

也很久没运动了，一跑起来就累。绿色有不同的层次和雅致，几竿竹子的绿是玲珑的，一塘荷叶的绿是丰满的，远山的绿是缥缈的，狗尾巴草的绿是活泼的。

水田里插了秧，冬天的大棚掀了塑料膜，一根根竹架子映在水中，如无数的虹落在地上，重重叠叠，影影绰绰的。

丝瓜架上的瓜儿挂得好，花儿开得疏，豇豆儿有些萎了，寂寥地耷拉在地里，无人采撷，果实胀痛了，暗暗在风中哼着谣曲。几排玉米长得精神，在黎明的炊烟中神气地直立着，傲然地睥睨……

2000 年 7 月 24 日，星期一

天阴阴的，难得一份夏天的清凉。那架纤弱的苦瓜守着唯一的果实在风雨中飘摇，我的心事也像它，黄了绿，绿了黄。固执地守候一个长不大的果实。从春入夏，铁树长得威武了许多，但那威武又藏了一份柔媚，枝梢卷成凤尾的模样，欲说还休的样子。没想到去年半死不活的，今年水浇得勤了，居然也生机勃勃，世事多半也是如此，谁知道春华秋实、柳暗花明的玄机？

一晚上看了几部电视连续剧，离奇的情节剪辑在一起，插播广告的时候连连换台，什么戏都看足了：爱恨情仇，悲欢离合。太白金星法力全失，稀里糊涂被猫妖咬了脖子，长着尖牙，眼发绿光。侄女天真，睡觉前不敢出去客厅锁门，非要开了灯才去，回来又不敢睡觉，怕睡梦中被猫妖得了便宜，又一出"午夜惊魂"。

2000 年 8 月 6 日，星期天

四合院还是原来的模样，门廊的瓦上长了几根茅草和

一簇仙人掌，几片断瓦，露出一丝泥土的颜色，老房子就是这样，到处都藏了故事，一不留神泄漏出来，你却茫茫然不知所以，惹得一院落的怅惘。

天井已浇上了水泥，奶奶每天用水冲一遍，非常洁净，黄昏时分摆上几张竹椅矮桌，洗一堆水果，海风一吹，唠唠嗑，扯扯家常，若不是蚊子像 架架轰炸机围在左右狂轰滥炸，看看星，赏赏月，听听隐约的潮水起落，该是很美的事情。

晚上睡觉，在楼上的木地板上铺张大席子，一溜人倒下就睡。蚊香根本不管用，第二天起床总能在腿上找到几个新的红点，乡下的蚊子都是尖嘴长舌，一戳一包血，狠！

门前的老槐树还是趴在水面上，只是河水有些干涸了，一条破船沉在脏兮兮的水中，只有桥头风凉依旧，一入夜就有很多老少爷儿们光着膀子坐在桥栏杆上大摆龙门长阵。

爷爷照旧一早一晚出去捞虾捕蟹，蟛蜞还是那么鲜美，饭桌上小孩子争着吃蟹钳，热闹非常。

2000 年 11 月 19 日，星期天

终于看见一点入秋的阳光，还没来得及握在手里端详就消隐了，漫天灰蒙蒙的雨，觉得自己像一条咸鱼，没有伞的日子，潮乎乎的，擦不干净。

难得昨天下午有点明媚，但 B 的偏头疼又犯了，于是在她卧床休息的时候我们去了中山植物园。快大半年没去了，更何况今年的秋天似乎特别萧瑟，游人很少，花也很

少，像一个野生植物保护区，风中聆听到的是树的语言，抱怨着糟糕的天气、短暂的美丽和受到损害的健康。有的树倒在地上，腐朽了，长了蘑菇，暗淡的颜色，仿佛累坏了，连梦都懒得做了。药物园总有一股清淡却很特别的味道，好像思想纯粹了，如不知名的灌木上结的一颗颗靛紫色的小果子，玲珑剔透。走了很多路，行过小桥流水，很多对新人拍着一生的美好回忆，深深浅浅的笑容，"冻人"美丽。

2000 年 11 月 25 日，星期天

马上就要走了，桌上的手机静静地闲着，落了空的等待，像花儿凋谢的树枝，在风中伸着手，抓不住任何东西。

眼镜丢了，于是什么都看不清楚，黑暗中我抬头看天，没有星星的夜晚，綦色的花旋成黑天鹅的模样，王子忘记了要来，天鹅永远都无法变成美丽的公主，哀伤被夜遮住了，不露出一点颜色。很多故事发生了，只是从来没有人看见。

2000 年 12 月 7 日，星期四

时间总是过得太快，就像冬天的树枝，一不留神就掉光了叶子。

2002 年 5 月 27 日，星期一

日子过得和流水一般，这平常的比喻有着许多无聊慵懒的意绪，日子热了还寒。今年的春天特别怪，距离校庆

正好过了一周，除了瞎忙，也没有什么特别的感受，在别人的白发里看到了自己的将来，是他们沧桑的眼神还是我年轻的笑容跳跃着生命的绚烂？荒疏的琴弦上有的只是虚掷的日子。

嫌被子厚了，穿着蓝布绣花的吊带小衫一个人在房间里晃来晃去，炒一个饭，削一个水果，放一张林忆莲的碟。我的思念越来越浓？我把谁放在心中？我对以往的感触是不是还那么多？那些发生和没有发生的故事，所有埋藏在心中的欢喜、伤痛都长了绿色的青苔，记忆或许就是另一种形式的遗忘吧，所有花季雨季的心事都淡了，露出生活真实而朴素的面孔。放下往事？不放又怎么样，过去是一掬捧不住的水，你渴却喝不到。

2002 年 6 月 13 日，星期四

天就这么闷热了起来。法国队提前出局，世界杯悬念迭起，中国队就是破不了门，守着电视有点头昏。

日子就是这样躺在沙发上，没有想象，没有希望。栀子花的香味一阵阵袭来，透过两层窗帘射下来的阳光黄澄澄的。水就要漫过头顶，听楼道看足球的大呼小叫，进了又怎样？只是一场出彩或不出彩的表演。皮肤慢慢有了细细的皱纹，岁月把所有错过的故事纹在上面，让你的心一片毕加索的灰。

出国的文件还没有收到，在学校，关着窗，拉上帘子，我的房间于是就成了一个孤岛，我闭上眼睛，可以看到一棵椰子树，在云上，结着蹉跎的果。

2002 年 8 月 24 日，星期六

就快要出国，总觉得人一走，或许就有了某种轻盈，一走了之，是洒脱，但谁说没有一点失落？"人生不得意事常八九，可与人说无二三。"所以才会有那么多悲秋伤春感怀的诗，瘦了海棠，病了牡丹，冷了丁香……

越大是越不中用，不知道冷暖，变得娇弱，嗓子哑了，头也昏了，人也懒了……

2002 年 10 月 14 日，星期一

没想到去年下半年翻译《凡尔赛宫的小阳伞》，今年来法国，朋友家离马尔里皇家森林只有一刻钟的路。周日和大家一起到森林里散步，很好的阳光。落叶掉了一地，踩上去嘎吱嘎吱地响，红的、黄的、褐色的，这是我见过的最绚烂的秋天。

2002 年 12 月 14 日，星期六

一路回来，天灰蒙蒙的，仿佛擦拭不去的泪痕，城市呆滞了，地铁一站站地前进。有俄罗斯的手风琴和小提琴奏着乡愁如云，如潮，如风暴。下了车，我到平时常去的花店买了一盆白玫瑰，至少这样的颜色，这样瑟缩着的花朵能寄托我这个冬天遥远的哀思。奶奶没有念过书，但她就这么常常微笑着，接受了所有的命运。我不懂的智慧。

剪了几朵蓝色的小花贴在墙上，像贴了一曲Blues。

2003 年 9 月 23 日，星期二

　　（一枝槐花）

　　对于小时候的记忆，我是很模糊的，或许因为我是懒惰的人，记事也记得马虎。偶尔想想遥远的事情，脑子里常常是白茫茫的一片，间或有那么一两件油麻菜籽的小事，也是听长辈时不时说起，渐渐有了影子有了形状有了来龙去脉。还好我也不是执着的人，隔着那么长的岁月，什么样的回忆在我都不是那么重要了。

　　记得爷爷乡下的老房子挨着河，河挨着江，江挨着海，于是河水总是浑浊的，带着咸味，冬天浮着各种垃圾，春天簇着密密的水菱叶子，油绿油绿的。到了夏末，水菱角发出幽幽的香味，从各家响午的灶台里飘散开来。河边卧着一棵枝繁叶茂的槐树，正对着敞开的院门和门前的石阶。

　　奶奶说我从小就是懂事的孩子，知道自己玩高兴了就到地里去帮着送个响午饭，拾个稻穗，递把毛巾，打会儿扇子什么的。而我做过最讨喜的一件事情就是给太婆折过一枝槐花。

　　太婆在一次和邻居争门前猪圈的地盘时折了腿，后来风瘫了，话也说不清楚，半个身子都动弹不了。她有两个儿子，河那岸住着长子，河这岸住着次子，也就是我爷爷。虽然爷爷家子女多，吃的用的都比不得对岸家阔畅，但太婆就是喜欢住在爷爷家可以望见槐树的那间东厢房里，说这边的人敦厚，日子也过得踏实。我知道太婆不喜欢孩子，嫌吵。奶奶总赶我们到外头玩耍，太婆一直躺在挂了帐子的床上，好像一根苍老干枯的树桩。

但太婆喜欢我，因为我生下来就有九斤，胖墩墩的很是福相，在农村那一堆长得像瘦猴的孩子中特别出众。据说我出生后一直睡着不肯睁眼睛，太婆于是走了几十里地求了菩萨磕了头，我就在太婆傍晚回来的时候第一次睁开了眼睛，那时奶奶点了煤油灯，我的小眼睛亮晶晶的，太婆或许从那一刻起就特别喜欢我了。厢房里只有我和她的时候，太婆常颤巍巍地从枕头边的洋铁罐子里摸出两片受潮的饼干，几颗红绿的糖果给我，瘪着嘴，说些我听不甚清、听不甚懂的老话。我虽然不是特别爱吃她给的饼干糖果，但这份特殊的待遇还是大大满足了我小小的虚荣，也让我觉得自己应该为她做些什么。我现在想，小孩子其实是特别懂得知遇之恩的，否则我小小年纪也不会爬到槐树上去折那枝槐花，也不会一不小心掉在槐树下泊的小船里等着大人抱我上岸，也不会因此成为小村子里"二十四孝"的楷模。

事情其实很简单，并不像村子里流传的故事那样，但我也懒得去更正了。那年槐花开了一树，幽幽的花香避而不避地四散在空气里。我知道奶奶喜欢撒点槐花在蒸糕上面，我是爱吃蒸糕的，尤其喜欢槐花留在齿颊上的清香。我已经不记得自己怎么爬的树，又如何摔在泊在树下的小船里，只记得爷爷把我从船上抱到岸上的时候，我依稀瞥见太婆正直着脖子朝我这边望着，我于是伸出那只攥着槐花的手指着太婆的窗户，叫了声"太婆"。如果爷爷举起我的时候我没有瞥见太婆殷殷的目光，我就不会叫太婆，如果我不是举着槐花叫太婆，大家就不会以为我折槐花是为了她，虽然我当时满脑子里黏的糊的全是甜腻腻香喷喷的蒸糕。但从那以后，我倒是常常在槐花开的时候去折一枝插在太婆的房间里，太婆看我的目光也越发绵长柔和了。我八岁那年，太婆去世了，我清晰地记得最后一次给她折槐花的情形，那时我已经长大了。之后看到槐树花开，我总是忍不住要折一枝。

我虽然长大了，但一直都没有脱得了小孩子的脾气，因为我一直都是喜欢攀摘的人。

就像我知道自己肤浅，只不过偶尔看到了智慧的书，于是忍不住要摘一句两句出来，装出聪明的样子，期期艾艾地放在某人的窗口，希望他看见，又希望他看不见，希望他知道是我，又希望他不知道，如此辗转着心思，辛苦着自己，却从来不曾想过或许他喜欢的并不是槐花，而是桃红柳绿栀子香。

但不知觉中，我握着那枝槐花，已经过了许多年，而合适的花瓶，竟然一直都没有看见。

2004 年 3 月 10 日，星期三

今年的天气一直很怪，仿佛冬天挪不开步子，死皮赖脸地就是不走。Concordia底下有一株桃树长得奇怪，我去年十一月入住的时候，光秃秃的树枝上就开了小小的粉粉的花，当时以为是假的，还好奇摘了一朵，谁知道却是真的，那花瓣薄得能透出光线。谁知道风霜雪雨了一冬，那花竟然还稀稀落落地开着，没有一片叶子，生命仿佛冻住了，凝固成一个没有明天的梦，走不进去也走不出来。

花开得朴素，很淡的颜色，很小的花蕾，闻不到的芬芳。住在巴黎拉丁区，楼下花坛有这样一树开不败的花常常让我产生荒诞的联想。仿佛时间在这棵树上静止了，连同冬日里在树下长椅上闲坐着的老人。我总觉得只要我摸一摸这棵树，我就能看到过去，或者未来。但我不是好奇的人，我只是常常站在四楼的窗口，吃着巧克力慕斯，看着这一小块空地和这棵一直开花的树。如果不是打印出来的论文稿子、复印资料一小摞一小摞地叠着垒着，我或者会以为自己也是这样的一棵树，开着一树不败的花，朴素得就像从来都没有开放过一样。

十年如一日。或者过了三十，过了四十，我会慢慢觉得光阴的轮子一日如十年？我相信那一树的花会在某天夜里掉个精光，快得连眼睛都来不及眨一下。仿佛那久远的岁月，忽然就来了洪水，忽然就没了世界，忽然就看到了自己。

2005 年 12 月 8 日，星期四

日子过得快，降温降得更快，一下子就到了冬天。

想念天山雪莲炖芋芳乌骨鸡的日子，想念木须肉，想念蛋炒饭，想念悠闲地站在北园的树底下看蓝尾巴喜鹊在头顶上飞去飞来……

禽流感是什么？我不知道，但我知道恐惧是什么，恐惧就是知道有一天洪水终究会来，但不是所有的人都能幸运地登上诺亚方舟。

我希望有那么一根橄榄枝会给我勇气，在冰冷的冬

日，像遥远得没有温度的太阳。

刚洗过的头发顺得像蚕丝。裹在羽绒服里活脱一个难看的粽子。没有改好的文章摊在那里，像一个红肿的冻疮，让你又胀又痛！

2006 年 1 月 15 日，星期日

又老了一岁。看过去的情书才发现，苍老不只是多了几条细细的皱纹，比以前怕冷，比以前怕吹风，越来越敏感又越来越无动于衷！

点一盒蜡烛，薰衣草给记忆一点夏天的颜色，浓得化不开的紫色蝴蝶花和刺眼的翠绿。我看见影子在墙上晃着，那么小的一个火焰，照不到整个冬天。

阳台上的水仙抽出四个花蕾，仿佛某句春天的诺言。

我是否也应该换换衣服，拾掇拾掇，尽管青春已经冰冷，像图书馆门前的蜡梅花枝，僵在枝头不知道梦什么，盼顾什么……

梦里日子暖了，桃花开了，叶子绿了，而我始终没有醒来……

2007 年 6 月 5 日，星期二，陶园

终于译完《花事》，皮肤上已然爬满了蛛网般凉丝丝的葡萄卷须。只是，我不是那只年轻的夜莺，我不惊慌，也不想忙不迭地挣扎，我任由自己默默享受这份被文字暂时捆绑住的囚禁。

诱惑不总是始于爱情，常常可以是一种不设防的宽

容，甚至淡漠。迷入因此有了植物的藤蔓和触须，腼腆的指尖，缠绕，攀缘，从暗处迎向光，开出绛紫色扶摇的凌霄花，一如翻译。

我已经尽力去忠实，但时不时地，科莱特猫一样的目光还是会猛地刺在我的背上，冰一样的烫。我一动不动，屏住呼吸，我是一只不如她地道的猫……

科莱特生平及创作年表

1829 年   科莱特的父亲朱尔-约瑟夫·科莱特出
生，称"上尉"。

1835 年   科莱特的母亲安岱尔－茜多妮·朗多瓦
出生，称"茜多"。

1873 年   1 月 28 日，茜多妮－加布里埃尔·科
莱特出生在勃艮第地区的一个小山村，
称"科莱特"。

1893 年   嫁给亨利·戈蒂埃·维拉尔，称"维里"。
随丈夫——著名的音乐专栏作家来到巴
黎，进入当时巴黎的文学音乐圈子，结
识了马塞尔·普鲁斯特、阿纳托尔·法
朗士、克洛德·德彪西、莫里斯·拉
威尔……

1900 年   出版《克洛蒂娜》系列的第一部作品《克
洛蒂娜在学校》，署名为维里。随后于
1901 年发表了《克洛蒂娜在巴黎》、
1902 年《克洛蒂娜在婚后》、1903 年《克
洛蒂娜走了》。

1904 年   《动物对话》出版。

1906 年   维里－科莱特夫妇分居，但直到 1910
年才正式离婚。科莱特开始了哑剧演员

的生涯，出入各类剧院。结识德·贝尔伯夫侯爵夫人——玛蒂尔德·德·莫尔尼，称"米茜"。

1907年　科莱特发表《情感退隐》，署名科莱特·维里；在《埃及之梦》《肉欲》中出演角色。维里卖掉了《克洛蒂娜》系列作品的全部版权。

1908年　发表《葡萄卷须》。在布鲁塞尔、里昂和法国南方巡回歌舞演出。

1909年　米茜为科莱特在布列塔尼买了一处房产。开始步入报界。结识《晨报》的主编亨利·德·若弗奈尔。《流浪女伶》出版，入围龚古尔奖，得三票。

1912年　茜多去世。科莱特和亨利·德·若弗奈尔结婚。

1913年　生下女儿科莱特·德·若弗奈尔。《束缚》《歌舞场内幕》等出版。

1914年　第一次世界大战初期，亨利·德·若弗奈尔应征入伍。

1916年　科莱特和亨利·德·若弗奈尔搬到苏歇大街的一所私宅。

1917年　亨利·德·若弗奈尔被派到意大利前线，科莱特陪同前往并在《漫长的时日》编辑部工作。

1919 年　科莱特成了《晨报》知名记者和文学主管。

1920 年　《谢里宝贝》出版。

1922 年　《克洛蒂娜一家》出版。科莱特在巴黎米歇尔剧院第 100 场《谢里宝贝》的演出中扮演蕾阿的角色。

1923 年　科莱特参加《谢里宝贝》的巡回演出。《尚未长穗的麦子》出版。亨利·德·若弗奈尔和科莱特分居，1925 年正式离婚。

1924 年　科莱特和准前夫亨利的儿子贝朗特一道去瑞士格斯塔德度假。

1925 年　科莱特在法国蓝色海岸的卡普塔耶结识莫里斯·古德盖，和他一道回巴黎。

1926 年　科莱特离开苏歇大街搬到博若莱街。她在圣特洛贝买了一座房子，取名"麝香葡萄架"。每年夏天她都到那里去住，直到 1938 年。

1928 年　《白天的诞生》出版。

1930 年　《茜多》出版。

1932 年　《这些快活事……》出版（在作者的要求下，再版时更名为《纯洁与不纯洁的》）。6 月，科莱特在巴黎的美容用品店开张，随后是在圣特洛贝的店。为推销她的产品做巡回讲座。

1933 年　出版《母猫》。

1935 年　4 月，嫁给第三个丈夫莫里斯·古德盖，为了可以以合法夫妻的身份和他一起到美国旅行。

1936 年　入选比利时语言文学皇家学院院士。《我的学习》出版。

1938 年　科莱特终于在皇宫一楼买了一个套房。1 月入住。

1941 年　《反向日记》《朱丽·德·卡尔内朗》出版。莫里斯·古德盖于 12 月 12 日被关进集中营，直到 1942 年 2 月。

1944 年　《三、六、九……》和《琪琪》出版。

1945 年　全票当选龚古尔文学奖的评委。

1949 年　《蓝色信号灯》出版。小说《琪琪》被搬上银幕。科莱特当选龚古尔奖评委会主席。

1953 年　龚古尔奖评委会成员登门庆祝科莱特八十大寿，各种荣誉纷至沓来：《文学费加罗》出了科莱特专号，巴黎市授予她金质奖章，晋升为法国二级荣誉勋位……

1954 年　8 月 3 日 科莱特在巴黎的公寓里去世。法国政府为她举行了国葬。埋葬在贝尔拉雪兹公墓。